妖怪変化

京極堂トリビュート

あさのあつこ
西尾維新
原田眞人
牧野 修
柳家喬太郎
フジワラヨウコウ
松苗あけみ
諸星大二郎
石黒亜矢子
小畑 健

講談社

京極堂　中禅寺秋彦　石黒亜矢子 画

榎木津礼二郎（百器徒然袋―風）　小畑健 画

妖怪変化

You Kai Hen Ge

京極堂トリビュート

あさのあつこ　西尾維新　原田眞人　牧野修
柳家喬太郎　フジワラヨウコウ　松苗あけみ
諸星大二郎　石黒亜矢子　小畑健

講談社

目次

装幀　坂野公一（welle design）
装画紋章デザイン　石黒亜矢子

鬼娘

あさのあつこ

●あさの・あつこ
岡山県生まれ。
『バッテリー』シリーズなどで幅広い
読者層の支持を得ている。
近作に『十二の嘘と十二の真実』『夜叉桜』など。

ものすごい夕焼けだった。

空が紅蓮《ぐれん》に燃えている。

空の中ほどに浮いている雲が朱色の塊に見えた。膿《う》んだ腫物《はれもの》のようにも見えた。

時子《ときこ》は息を呑み、周りを見回した。

家も地も地を行く人も犬も、だらだらと続く坂道も坂道に沿って続く油土《あぶらど》塀《べい》も、焔《ほのお》に炙《あぶ》られているかのように、紅《あか》い。

時子は夕焼けの中に手をかざしてみた。紅絹《もみ》色というのだろうか黄味を帯びた紅色に手のひらが染まっている。

わたしはどこにいるのだろう。

ここはどこなのだろう。

わたしはなぜ、ここにいるのだろう。

全てがこんなにも紅い。わたしの手も……。

目を閉じ、目を開ける。

ああ、違う。

手のひらが紅いのは夕焼けのせいじゃない。

血だ。

手のひらが血に汚れている。

黒ずんだ血だ。まだ乾ききってはいない。だから臭う。生臭《なまぐさ》い。獣の口中の臭い、鉄錆の臭い、腐敗した肉の臭い……目眩《めまい》がした。紅絹色の風景が揺れる。歪《ゆが》んでいく。

時子はしゃがみこみ、両手で顔を覆った。

ああ、嫌だ、嫌だ。血の臭いは嫌だ。

付き纏《まと》わないで。わたしに、これ以上、纏わりつかないで。

汗が背中を濡らしている。腋《わき》の下にも、太腿《ふともも》の付け根にも汗は滲《にじ》み、雫《しずく》になり、ゆっくりと肌の上を伝っていく。

血の臭いは嫌だ。

頭が痛い。重く鈍い痛みが波状に広がっていく。ずうんずうんと音が響く。

時子はくちびるを噛み締めた。

また、あれが……始まる？

まさか、まさか……こんなところで……ああ、でも夕焼けが紅い。血のように紅い……。

「あの……だいじょうぶですか？」

声が聞こえた。

「どこか、お加減が悪いのですか？　もし……わたしの言うこと、聞こえますか？」

聞こえている。きれいな声だと思う。凛《りん》とした張りがある。低いのに軽やかだ。グラスの中で氷が融《と》けるとき、涼やかな音をたてる。あれに似ている。涼やかな声だ。

——時ちゃん。

母が笑いかけた。

——砂糖水を作ってあげたわよ。ほら、甘くて、冷たいよ。

カリン。グラスの中で氷が融ける。涼やかな音をたてる。

——時ちゃん。

時子は顔をあげた。

若い女がのぞきこんでいる。目が合った。思わず瞬《まばた》きをしていた。眩《まぶ》しいような目だったのだ。黒目がちの大きな目が時子を見つめている。今風に整えられた眉が僅《わず》かに寄っていた。美しいけれど、髪を短く切りそろえているせいなのか、少年のような雰囲気がある。時子と同じぐらいの年齢に見えた。

女がそっとハンカチを差し出す。

「汗、お拭きになったら」

「あ……すみません。だいじょうぶです」

慌てて立ち上がる。

夕焼けの風景がまた、揺れた。

肩にかけていたバッグが滑り落ちる。

「あぶない」

よろけた時子の身体を女の腕が支えてくれる。意外にしっかりとした力強い腕だった。

「……すみません。わたし……」

「ご気分が悪いのでしょう。無理しないで」

女が時子の背中を軽く叩いた。とん、とん、とん。

そのリズムが心地よい。鈍痛が引いていく。リズムに飲み込まれて、散り散りになっていく。

息がつけた。

「……ご親切に、ありがとうございます」

「ほんとに、だいじょうぶですか？　まだ顔色が悪いけど」

「ええ、ちょっと目眩がして……。夕焼けがあんまり紅いので、なんだか気分が悪くなっちゃって」

「夕焼け？」

相手の怪訝《けげん》な口調に時子は、視線を地面から空へと移した。

薄墨色の雲が見えた。

日は西に沈もうとしている。その西空だけがほんのりと橙《だいだい》色をしていた。

神社の杜《もり》にでも帰るのか、鳥の一群れが頭上を過ぎていく。

「まあ……さっきまであんなに紅かったのに」

夕焼けが褪《あ》せるまでの時間、そんなに長い間、わたしはうずくまっていたのだろうか。

手を広げてみる。

紅くはないか。

血に汚れてはいないか。

臭いはせぬか。

身体が震える。

——生《い》き肝《ぎも》を食ったのだ。

わたしがですか？

——生き肝を貪《むさぼ》り食っていたのだ。おまえは……覚えていないのか。

わたしは何も……。

——鬼女のようだった。いや、鬼女そのものだ。おまえは鬼だ。

わたしは何も……わたしが鬼……。

ちがう、ちがうと叫びたい。わたしは人だ。鬼ではない。喉《のど》が張り裂けるほど叫びたい。しかし、どこかが頷《うなず》いている。わたしのどこかが、そうだそうだと首肯《しゅこう》してしまう。

「だいじょうぶですよ」

その一言と同時に手首を柔らかく摑まれた。温かい指だった。

「そんなに怖がらなくても、だいじょうぶ」

怖がっている？　わたしが怖がっていると、どうして、この人はわかるの？

あぁもしかしたら、わたしの正体もわかっているのでは……。わたしが鬼女と知っているのでは。

「歩けますか」

「……はい」

「じゃあこれを」

女が、さきほど肩から落ちたバッグを手渡してくれる。時子が礼の言葉を口

にする前に、女は明快な口調で促した。

「じゃあ、行きましょう」

「え？　行くって……どこへ」

「この坂を登ったところに、わたしの兄の家があるんです。そこで少し、お休みになったらいいわ。あなた、すごくお加減が悪そうですもの」

「え、でも、そんな……」

「どちらか、お急ぎ？」

「いえ……そんなことは……」

　どこに行こうとしていたのか……いいや、わたしにはもう、どこにも行くべき場所はないのだ。あるはずがない。

「じゃあ、ちょっと寄って、休んでおいきなさいな」

「でも、見ず知らずの方に、そこまで甘えては……」

「そんなの、気にしないで。具合の悪いときはお互いさまですもの。あのね……実は、わたしも一週間ほど前に駅の階段で転んじゃったんです。珍しくスカートなんてはいてたものだから、膝小僧をすりむいちゃって。そしたら、親切なおばあさんが塗り薬と絆創膏《ばんそうこう》をくれたんですよ。早く手当てしなさい。若い女の子が身体に傷痕残しちゃいけませんよって。すごい恥ずかしかったけど、嬉しかったな。だから、こういうのお互いさまでしょ。そうそう、わたしね、あれから一度も、スカートはいてないんですよ」

　女は千鳥格子のズボンを少しつまんで笑った。花がふわりと開くような笑顔だった。つられて微笑んでしまう。笑うことができた。不思議だ。まだ、笑えるなんて。

「わたし、中禅寺《ちゅうぜんじ》敦子《あつこ》と申します。よろしく」

「あ、わたしは、比良《ひら》時子です」

「時子さんですね。じゃあ、時子さん、行きましょう。ちょっと長い坂だけど、歩けますよね」

「ええ」

　その坂は暮れていく風景の中に白く浮き出て見えた。一歩、足を踏み出したとき、時子はふっと風を感じた。

　地を這《は》うように坂を吹き降りてきた風が足元でもつれる。姿の見えない小さな生き物が纏わりついてきたようだ。

「あの」

　前を行く女、中禅寺敦子の背中に声をかける。

「この坂の上には……お兄さまのお家があるのですね」

「ええ、そうです。京極堂《きょうごくどう》という古本屋なんですよ」

「京極堂……」

呟《つぶや》いてみる。

風がまた、吹き降りてくる。


「放っておけなかったのよ」

敦子は唇をとがらせて、上目遣いに兄を見た。

「すごく具合が悪そうだったし、意識もぼんやりしているみたいだし……それに、気になることがあって。あの、さっき、バッグを拾ってあげたんだけど中に、遺書みたいなものが見えて……あれこれ気にかかって放っておくなんて、できなかったの」

「おまえは昔からそうだな」

兄の秋彦《あきひこ》は手の中の器をくるりと回し、妹の目を見返した。口元が僅かだが綻《ほころ》んでいる。

「なんでも放っておけない。猫が捨てられていても、犬が迷っていても連れて帰ってくる。一度など捨てられていた猫三匹と犬二匹、まとめて連れて帰ったことがあったな。覚えているか？　貰い手を見つけるのに、家中の者が悪戦苦

闘したじゃないか。まったく、幾つになっても同じことをする」

「時子さんは犬や猫じゃないわ。人間よ」

「どうかな」

「え？　どうって？」

「はたして、人間なのか。あの客人は」

「兄さん……何を言ってるの。人間に決まってるでしょう。まさか、狐や蛇が化けてるなんて言わないでね」

「狐や蛇じゃないとは、言い切れないだろう。少なくとも、彼女を人間だと断定するのは早計かもしれんぞ、敦子」

湯を足そうと急須に伸びた手が止まる。敦子はその姿勢のまま、兄を見つめていた。

「兄さん……それ、時子さんが人間じゃないって意味……」

「人間かどうかわからないって言ってるんだ」

何も知らぬ他人が聞けば、子どもの戯言《ざれごと》か狂人の妄想としか思えないだろう一言だった。しかし、兄が無粋な冗談を何より厭《いと》うことも、妄想癖など欠片《かけら》もないことも、よく承知している。なんといっても、二十年以上のつきあいなのだ。

敦子は手を膝の上におき、背筋を伸ばした。

「兄さん、時子さんはどこから、どう見たって人間だわ」

「見た目の話をしているんじゃない」

「じゃあ、何の話?」

「認識さ」

「認識? 認識って、知ること……よね」

「知ること、あるいは知られた事柄と言えるだろうな。そもそも認識とは概念、推理、判断を主要な契機として遂行されるものだ。とくに推理と判断においては、認識全体が積極的に関与する。推理の過程が消滅した認識を直観的認識と呼ぶし、判断の契機が消滅するかごく小さくなると知覚となり、認識そのものとは区別されてしまう。自然科学的認識の場合、認識の働きよりも結果のみが価値をもつが、これは、つまり知識と呼ばれているものだ。ラインホルトの『人間の表象能力新理論の試み』において認識論なるものが」

「ちょっと、待って」

敦子は手のひらを向け、兄の口上を遮った。

「今日は義姉《ねえ》さんに、到来物の羊羹《ようかん》を届けにきただけなの。明日までに校了しなくちゃいけない原稿があって、そんなにのんびりできないわけ。申し訳ないけど、そこらあたりのややこしい話は関口《せきぐち》先生にでもしてさしあげて。手短に、お願い」

今度は手のひらを合わせ、拝むまねをしてみる。兄が苦笑した。

「その義姉さんは客人の世話で、羊羹どころじゃないみたいだがな」

「ごめんなさい」

敦子は肩をすくめた。時子は京極堂へと続く坂を登りきったところで、再び目眩をおこしてしまった。敦子は力の抜けた時子の身体を支えて、なんとか京極堂まで辿《たど》り着いたのだ。

義姉の千鶴子《ちずこ》は手際よく床を整え、恐縮する時子を叱りつけるようにして休ませた。今、台所で気分直しの甘茶を作っている。

「なあ、敦子」

「うん?」

「僕は、おまえにとって兄貴だ」

「今更、何を言ってるの。そんなこと、当たり前じゃない」

「しかし、千鶴子からすると連合《つれあ》いになる。さらに、関口センセなどは『京極堂』と呼ぶ」

兄の秋彦には、営む古書店の屋号から「京極堂」という呼称がついていた。

ほとんどの者が、兄を「中禅寺くん」や「秋彦」ではなく屋号で呼ぶ。例外は妹の敦子や千鶴子ぐらいだろうか。

店内はむろん、日常の生活の空間でも本に埋もれて、日がな一日何かを読んでいる兄には、中禅寺秋彦という本名よりも、屋号そのものの方が相応《ふさわ》しいのかもしれない。

あっ。小さく声が出た。

ある者には、中禅寺秋彦。

ある者には、京極堂。

ある者には、兄さん。

「兄さんの言っていることって、人にはいろんな面や立場や呼び方がある。つまり、人という存在はとても複雑なもので、一面的に説明できるものではないし、説明しようとすること自体が間違っている……そういうことなの？」

秋彦の眉が顰《ひそ》められた。不快の表情だ。

「敦子、おまえまで三文文士まがいの空論を振り回さないでくれ。そういうのは関口あたりに丸投げしておけばいいんだ。僕は、もっと即物的な話をしている。例えば、これ」

秋彦は手の中の器を座卓の上に置いた。何気ない動作だったが、器は僅かな音もたてなかった。やや大ぶりの炻器《せっき》で美しい褐色をしていた。

「これは何だと思う」

「何って……お湯飲みでしょ？　まさか伊部《いんべ》じゃないわよね」

「先月、ガラクタ市で捨て値同然で買ったものさ。案外、掘り出し物だと思っているがな。ところで、おまえは何でこれを湯飲みだと言い切れるんだ」

「兄さん、さっきからそれでお茶を飲んでるじゃない」

「僕がこれで茶を飲んだから湯飲みになるのか。だとしたら、これは最初から湯飲みではなくて、後に湯飲みになったということだ。さらに言うなら、僕がこれで茶を飲んでいるところを目撃したおまえによって認識され、おまえの認識の中でだけ湯飲みという名がつけられ、存在するようになった」

「それ……湯飲みじゃなかったの」

「湯飲みさ。少なくとも僕は湯飲みとして使っている。しかし、僕にこれを売りつけた露店の親仁《おやじ》は麦酒《ビール》のカップだという。こういう器に麦酒を入れれば舌触りが格別に良くなるそうだ。まだ試してないけどな。つまり、親仁にとってこの器は……」

「麦酒のカップ。湯飲みではないというわけね」

「そうだ。僕がこれで麦酒を飲んでいたら、おまえもこれを麦酒カップとして

認識しただろう。疑いもせずに、な。器自体は色も形もなんら変わらないのに、名称は変わってしまう。おまえにとって、まるで違うものになってしまうわけだ」

「それは、そうだけど……」

「今、目の前に急須と麦酒瓶があれば、これを湯飲みと認識しているおまえなら、僕がこれを差し出したとき、茶を淹《い》れようと急須に手を伸ばすだろうし、麦酒カップと認識していれば麦酒を注ごうと麦酒瓶を摑む」

「つまり、どう認識しているかで行動も違ってくる、わけね。兄さん……それは、人にもあてはまるのかしら。わたしが人だと認識している相手が、他の人にはまるで違うものになるってこと、あるかしら。兄さんが『京極堂』であったり『中禅寺秋彦』だったりするよりもっと極端な意味で……人であるはずのものが狐だとか蛇だとか、あるいは……」

「あるいは？」

「鬼とか」

敦子は身を屈《かが》めて、小さく息を吸った。

「兄さんの言うとおりだとすると、鬼そのものはいなくても、鬼として何かをあるいは誰かを認識してしまえば、そこに鬼が生まれるということにもなるで

しょう。時子さんね、坂の上で目眩をおこしたから、わたし、こう腋の下を支えて連れてきたわけ」

「らしいな。おまえは、けっこうな強力《ごうりき》だから別に苦労じゃなかったろう」

「茶化さないでよ。正気に返るまでほんの一、二分だったけど、その間、時子さん、うわ言みたいに呟いてて……『鬼だ、わたしは鬼だ』って、そして、よく聞き取れなかったんだけど生き肝がどうとか……なんかぞっとしちゃった」

「自分を鬼のようだと感じることは、ままあるんじゃないのか。鬼のようなという修辞はよく使われるしな」

「そうなんだけど……」

　少し言いよどむ。ふいに喉の渇きを覚え茶をすすった。白地に薄桃色の桜の花びらが散っている器。京都に実家のある義姉が里帰りの土産《みやげ》にくれた。敦子専用の湯飲みになっている。

　これは、わたしにとっては湯飲み以外の何物でもない。

　敦子は湯飲みを握り、兄に顔を向けた。

「時子さんが低く呻《うめ》いたから、わたし、顔をのぞきこんだのね。そうしたら、紅く見えたの。夕陽の中にいるみたいに紅く……薄闇《うすやみ》の中にいるのに……わたし、もうちょっとで叫びそうになってしまって……。鬼だって思ったの。瞬き

する間よ。ほんの一瞬。ほんの一瞬なんだけど、そこにいた時子さんが鬼に変わったと思った。それって、つまり、一瞬、時子さんであったものが消えて、鬼が現れたってことなのかしら」

「普通は錯覚だったですませてしまう類のものだな」

「ええ、わたしも兄さんの話を聞かなければ、目の錯覚だったんだなって、それで納得しちゃうんだけど」

「錯覚というのは便利な言葉で、常識の範疇《はんちゅう》からはみ出した知覚を全てそう呼べば、だいたいは片付いてしまう。なぜ、それを見たのか、聞いたのか、感じたのか、深く思索することから逃げられるのさ。取り散らかした部屋のゴミを片隅に寄せて布をかけ、そらこれできれいになったと満悦しているようなものじゃないか」

なぜ、見たのか、聞いたのか、感じたのか……。

錯覚の一言で片付ける前に、なぜそこに鬼が現れたのか考えてみろ。容易《たやす》く逃げるな。兄はそう言っている。

わたしは、なぜ、鬼を見た。

隣室から悲鳴があがった。

「時子さんだわ」

跳び上がり、襖《ふすま》を開ける。

時子は布団の上に座り込み、身体を震わせていた。

「時子さん、どうしました」

時子がしがみついてくる。敦子の胸にすがってすすり泣く。

「時子さん、落ち着いて。ゆっくり息を吸って……吐いて……」

「敦子ちゃん、これを」

千鶴子が甘茶を差し出す。悲鳴を聞いて台所から飛んできたのだ。

「ゆっくり飲ませてあげて、ゆっくり」

甘茶に鎮静作用があるのかどうか敦子にはわからなかったが、半分ほど飲み干したとき、時子の震えは治まりかけ、頬に血の気がもどった。

「すみません……わたし、また、ご迷惑を……」

「夢を見たんですか？」

「はい」

「どんな？」

返事はない。うつむいた時子の唇がひくりと動く。間近で見ると、目を見張るほど美しい女性だった。やつれてはいるけれど目鼻立ちが整い、滑らかな肌をしている。美しい娘だ。

「もしかして、鬼の夢？」

時子の目が大きく見開かれた。身体が再び震える。

「時子さん、わたしは味方よ。兄も義姉《あね》もそう。だから、安心して話して。あなたの話を聞かせて」

「だめ……そんなこと、だめ。話せない。話せっこない。わたしは、わたしは……おぞましい……」

「言葉にしてごらんなさい」

敦子の後ろから秋彦が声をかける。深い響きのある声だった。時子が顔をあげる。

「言葉にして語ってごらんなさい。あなたの内にいる鬼に形を与えるのです」

意味が解せなかったのだろう、時子は瞬きを繰り返す。

「あなたは、怯《おび》えている。怖れている。それはあなたの怯え、怖れているものに形がないからです。目に見えず、触れられなければ、戦うにしろ逃げるにしろ手立てがつかめません。だから、形にするのです。言葉とはそういうもの、全てに形を与えることができる。時に、紛《まが》い物であったり歪《いびつ》であったりはしますが」

兄の声を聞いていると山深い地にひとり立っているような気がした。大樹によりそい、澄んだ空気を吸う。しじまの中に風の音だけが響いてくる。

時子の背筋が伸びた。ゆっくりと頷く。敦子はその手をそっと握った。

「話します。その前に一つだけお願いがあります。敦子さん」

「はい」

「話を全部聞き終わったら、わたしを警察に連れて行ってください」

「警察へ？」

なぜとの問いを飲み込んで、敦子は僅かに頷いてみせた。

「ありがとう。あなたに出会えて、ほんとうによかった。敦子さん……わたしは……鬼なのです。なぜなら、人間の生き肝を食べてしまうから……しかも、生きた人間のお腹を裂いて……そこから、肝を取り出して食するのです」

千鶴子が息を吸い込む。敦子も同じように喉を鳴らしていた。

「こんなことを言うと、精神的にどこかおかしいとお思いでしょうが本当のことなのです。わたしは……幼いころから身体が弱くて、とくに血が薄いとかで、精のつくものを母がよくこしらえてくれました。その中に、牛や鳥の肝を調理した物もあったのです。母も父も姉もわたしを除いて家族はみんな先の戦争でなくなりましたが……その姉などは生の肝を気味悪がって絶対に食そうとはしませんでした。わたしは、平気でした。そういうところも、鬼娘の証左《しょうさ》なの

かもしれません」

「鬼娘?」

「母方の里には、恋人を失った女が悲しみのあまり鬼となり、若い男を襲い、生き肝を食べたという鬼娘の伝説があったのです」

兄が問うた。

「あなたは、それをお母さまから聞いたのですか」

「はい。幼いころ、母がお話として語ってくれました。ただ、わたしは昔から、鬼娘であったわけではないのです。このところ……一年余りのことなの……です」

「今、ご家族は全て亡くなられたとおっしゃいましたね」

「ええ……父は南方で戦死、姉は動員された軍需工場が爆撃にあって遺体すら出てきませんでした……母は空襲で……」

時子が大きく息をついた。

「わたしの目の前で……焼け死にました。わたしの手を引いて逃げている最中でした。焼夷《しょうい》弾《だん》にやられたんです。あっという間に炎に包まれて、まるで藁《わら》人形のように燃えていきました。思えば、あのころから、わたしの中の鬼が目覚めようとしていたのかもしれません」

時子の声はか細くはあったけれど、口調はしっかりとしたものになっていた。

「戦後、ひとりぼっちになったわたしを今泉《いまいずみ》という遠縁のご夫婦がひきとってくれました。今泉家は江戸開府の頃から続くという旧家なのですが子がなく、わたしを実の娘のようにかわいがってくれます。なのに……わたしは、とんでもないことをしてしまって……」

「時子さん。もう少し詳しく教えて。鬼が目覚めるってどういうこと？　あなたは、なぜ、自分を鬼だと思ったの？　何か、きっかけがあるんでしょ」

わざと砕けた口調を使ってみる。時子の緊張を少しでも緩めるためだ。

「ええ……わたし、今泉の家に引き取られ、学校にも通わせてもらって幸せでした。家族の中でわたし一人が生き残ったこと、辛かったし、淋しくもあったけれど、でも、だからこそちゃんと生きていこうって、わたしだけでも、戦争のない平和な国で幸せになろうって心に誓ってたんです」

敦子は大きく頷いてみせた。

時子さん、ものすごくまともだわ。

この国の大多数の人々と同じように、戦争という暴力によって深く傷付いている。でも、その傷を背負って、前向きに生きようとしているのだ。未来を信じ、生きていこうとしている。まっとうな人ではないか。

「でも……わたし、夕焼けを見てしまった」

「夕焼け？」

「一年ほど前のこと、ものすごい夕焼けの日があって。その空を見ていたら、わたし……ふいに、目眩がして……失神してしまって。気がついたらベッドに寝かされて、おじさまとおばさまが心配そうにのぞきこんでいました。それが最初で……それからも、時々、そんなことがあって……」

「いつも、夕焼けの日にそうなっちゃうの？」

「最初はそうだったけれど、だんだん夕焼けは関係なくなって……むしろ、目眩がすると夕焼けを感じてしまうみたいな……このごろはたとえ、雨の日でも空が紅いって感じてしまうようで……」

「病院には行った？」

「ええ、おじさまの懇意にしているお医者さまに診《み》ていただいたわ。貧血はあるけど失神するほどひどいものじゃない。たぶん、精神的なものだろうって、お薬を処方してもらったのだけれど……あまり効かなくて……やはり、時々目眩をおこして気を失ってしまうの……でも、それはいいの。病気ならいつか治るし……ああ、ほんとうに病気であってくれたら……」

　時子が指を握りこむ。汗が一筋、頰を伝った。

「ずいぶんと形ができてきた」

秋彦はそう言うと、珍しく優しげな笑みをうかべた。

「もうひと頑張りですよ、時子さん」

時子は口の中で小さく「はい」と呟くと、再びしゃべり始めた。意を定めた強さなのか、閊《つか》えながらも黙り込みはしなかった。

「三ヵ月ほど前のこと、やはり気を失って……我に返ったとき、わたし……わたし」

時子の指がさらに固く握り込まれる。

「人を殺していました」

部屋の中が静まりかえる。神社の杜からふくろうの鳴き声が響いてくる。風のざわめきも聞こえる。

「それは死体が転がっていたということですか」

秋彦が口を開いた。明日の天気を尋ねるような何気ない口調だった。

「そうです。しかも、腹部を切り裂かれた死体が……わたしは、手にナイフを握っていました。血だらけの……」

「場所はどこです」

「地下の倉庫です。今泉の家は、奇跡的に焼け残った古い洋館で、昔はワイン

の貯蔵に使っていたという地下室があるのです。むろん、今はワインなんて一本もありません。そこで、わたしは……人を殺し、肝を取り出していたのです」

「我に返ったときは驚かれたでしょう」

「それはもう……悲鳴をあげて地下室から飛び出しました。おばさまが声を聞いて、駆けつけてくれて……わたし、錯乱していて何をしゃべったか覚えていません。おばさまが鎮静剤を飲ませてくれて……そのまま眠ったようです。目が覚めたのは、わたしの部屋のベッドの上……朝になっていたわ……傍らに、おばさまがいて、もう、全てすんだから、昨日のことは忘れなさいって」

「忘れるって、どういうこと？」

「わたしは人なんか殺していない、あれは幻だからもう忘れなさいって、おじさまにも内緒にしていなさいって……でも、わたしの指先には血がついていて……幻なんかじゃないのに……」

「じゃあ、その死体は片付けられてしまったわけ？」

「どこかに埋めたと思うの。庭のどこかに」

「おばさまが？」

「倉田《くらた》さんだと思う。戦前から今泉家の庭師として働いている人で、おばさまにとても忠実な人だから……死体の後片付けなんて、わたしのために倉田さんも怖ろしい仕事をさせられてしまったのね。わたし、悩んで、悩んで……でも、忘れようとしたの。わたしは人なんか殺していないって信じたかった。信じようとしたの。だけど、一月ほどしてまた……目眩がして、失神し、意識が戻ったら同じように血だらけの死体が……」

「その死体は男でしたか、女でしたか」

時子は秋彦を見上げ、僅かに目を細めた。

「男でした。よく覚えていませんが、浮浪者のような身なりをしていました。おばさまは優しい方なので、浮浪者にご飯や小金をあげるのです。その中の一人だと思います」

「なるほど。浮浪者なら、突然、行方不明になっても騒ぐ身内はいないだろうからな」

それは囁《ささや》きにちかく、時子の耳には届かなかったらしい。こわばった表情のまま話し続ける。

「わたしは、その人たちを引き入れ、地下室に誘い、そこで……さすがに、おばさまも二度目となると困惑されて……わたし自殺しようとしました。でも、おばさまが泣いて止めてくれて……娘同然のわたしが死ねば、自分も後を追うからと……どこか、空気のいい静かな場所で療養すればいいって……本当のことを言うと、わたし死ぬのが怖くて……鬼のくせに死が怖くて……でも、あの時、死んでいればよかった。そうしたら……わたし、わたし……」

「何があったの、時子さん」

「敦子さん、わたし、おじさまを殺してしまったの」

抑制の糸が切れたのか、時子がわっと泣き伏す。

「殺してしまったの……昨日、同じようなことが起って、今度はおじさまが……わたし、おじさまを殺したのよ、敦子さん。おじさまのお腹《なか》を裂いて、肝を引きずり出していたの」

「おばさんはどうしました？　今度は、浮浪者とはちがう。今泉家の主人だ。隠し通すことは困難でしょう」

「はい……おばさまは呆然《ぼうぜん》としておられました……でも、わたしにすぐ服を着替えて逃げるようにって……とりあえず、伊豆《いず》の別荘に隠れていなさいって……でも、わたし、そんなことできなくて……逃げるなんてできなくて、死ぬしかないって……わたし、死に場所を探していたんです。なんだか、頭の中がぼうっとして……死ぬことしか考えられなくて……ふっと空を見たら夕焼けでした……また、目眩がして、怖くて……そのとき、敦子さんが声をかけてくれたの」

時子は涙を噛み締めるように口を結んだ。それから、顔をあげ、敦子を見つめる。

「敦子さん、わたし、これから警察に行きます。全てを話します。罪は償わなければならないもの」

「時子さん……」

「あまり上等な作りとは言えんなあ」

秋彦が呟く。

「兄さん、それ、なんのこと?」

「鬼の形さ。まるで張りぼてだ。時子さん、警察に行くなら僕もご一緒しましょう。こちらもあまり上等とは言えないが、知り合いの刑事もいるし」

秋彦はそう言うと深いため息をついた。

今泉家の当主、今泉紘一郎《こういちろう》殺害の容疑で、妻陽子《ようこ》と雇い人の倉田源蔵《げんぞう》が逮捕されたのはその夜のことだった。

「つまり、最初から仕組まれた殺人だったわけね」

京極堂の座敷で敦子は兄の湯飲みに茶を注いでいた。陽子と源蔵の逮捕の翌日だ。ほとんど眠っていないけれど、頭は冴えている。

「そうさ。たぶん時子さんが失神して、数時間記憶を失うこと、鬼娘の伝説をどこかで信じて、かつ怖れているふしのあること、それに気がついたとき、今泉陽子の頭に夫の殺害計画が浮かんだんだろう」

「動機はこれから分かることよね」

「そうだな。夫に倦《う》んでいたのか、財産目当てなのか、他の理由があるのか……これからだ。ともかく、陽子は時子さんを犯人に仕立てることを思いつき、実行した」

「そのために、罪もない人を二人も殺したの」

「そうだ。たぶん倉田あたりが実行犯だろう。時子さんの意識がなくなったのを見計らって、浮浪者を呼び入れ殺害する。腹を裂き、ナイフを時子さんに握らせる。自分の仕業だと信じ込んだ時子さんを使って、いよいよ、最後の詰めにとりかかる。すなわち今泉氏を殺害して、時子さんに全ての罪をかぶせるんだ」

　悪寒を覚え、敦子は身を縮めた。

「単純、かつお粗末な計画だが、時子さんはあっさり引っ掛かり、もう少しで自分が犯人ですと自首するところだった……いや、おまえに会わなければ自殺していただろうな」

「遺書も陽子たちの仕業ね。逃げなさいなんて言いながら、そっとバッグの中に入れたんだわ。でも、時子さんて聡明な人みたいなのに、なぜ、あっさり、自分を鬼娘だなんて思い込んだのかなあ。自分が人を殺して生き肝を食べるなんて……いくら死体が傍らにあっても、信じるかしら」

「空襲さ」

「え？」

「目の前で母親が焼け死んだ。炎に包まれてな。まるで地獄絵図だ。時子さんは地獄を見たんだよ。それが自分を鬼だと思い込む下地になったんじゃないか。犯人たちがそこまで読んでいたかどうかはわからんがな」

「時子さん……どうするのかしら」

「さあな。ショックは受けただろうが、呪縛《じゅばく》は解けたはずだ。鬼から人に戻ったわけだ。人として生きていくさ」

「鬼だと信じていたときは、鬼だったの」

「敦子、前にも言ったが認識というのはな」

「あっ、いけない。校了の時間なのに。編集長に怒られちゃう」

勢いよく立ち上がる。

「じゃあね、兄さん。また、来るわ」

「当分、来なくていいぞ」

「意地悪」

カバンを肩にかけ、京極堂を出る。

頭上の空は晴れ渡っていた。

瑠璃《るり》色の空に向かい、敦子は力いっぱい伸びをしてみた。

ちりん。

季節外れの風鈴の音が京極堂から聞こえてきた。

そっくり

西尾維新

◉にしお・いしん
1981年生まれ。
2002年『クビキリサイクル
青色サヴァンと戯言遣い』にて
第23回メフィスト賞を受賞してデビュー。

＊　＊

大学の講義を受けている最中に届いたメールは、祖父が亡くなったという報《しら》せだった。それについてどんな感慨を抱くよりも先に、このような報せもメールで届く時代か、と、僕はそんなことを思ったものだ。もっとも、それを寂しいとか物足りないとか思ったわけではなく、これから先は——ひょっとするとすぐにでも——これが当たり前のことになるのだろうと、何となくそんな未来を予想したというだけのことである。

授業が終わってから、忙しいから葬儀には参加できない旨《むね》を記した文章を作成し、メールの送り主である父親へと返信した。うまい悔やみの言葉を思いつかなかったので、酷《ひど》く簡単な内容のメールになってしまったが、しかし決して悲しくなかったわけではない。携帯電話でのメールゆえに、読んで字のごとく片手間に済んでしまったが、そういうことではないのだ。父親に対してメールを打つのが久しぶりなので、変に緊張してしまったこともあるが、そういうことでもない。

ただ。

悲しみかたがよくわからなかったのだ。

思い起こしてみれば、子供の頃はよく遊んでもらった祖父である。

この歳になって言うのは少々気恥ずかしいものがあるが、僕は子供心にあの祖父のことをとても尊敬していたし、それ以上に大好きだった。

父よりも母よりも。

一族の中で変わり者扱いされていたあの祖父が、大好きだった。

僕の人格はあの祖父によって形成されたと言っても過言ではない。

だから。

そんな祖父が亡くなったというその事実を、僕は受け止め切れないのかもしれなかった。

むろん、忙しいというのは嘘ではないし、むしろ葬儀に参加したいという気持ちはあったのだが、一方でそれを頑《かたく》なに拒否したいと思う自分も認めなければならない。

祖父の死を認めたくないのだろうか。

それは自分の中身を失うようなものだから。

自分の指針を失うようなものだから。

自分自身を失うようなものだから。

否——それもどこか偽善的な物言いだ。

いい子であろうとしている。

中学生になったあたりから、夏休みになっても田舎に帰ることは少なくなって、高校生になる頃には、盆や正月さえ友達と過ごすようになった。大学生になって一人暮らしを始めてからは、実家にさえ帰っていない。いわんや祖父の住むあの村をや——だ。


祖父は。

あの村の、あの家で――ひとり、亡くなったのだろうか。

あるいはそんな僕だから、時代も何も関係なく、祖父が亡くなった報せも、メールで届いてしまうのかもしれないけれど。

そんな風に。

なんだか悶々《もんもん》とした気持ちを抱えたまま――僕は次の講義を受け、サークル活動に参加し、自転車に乗って一人暮らしをしている学生用マンションへと帰ったのだった。

いつも通りの行動。

ルーチンワークのようにいつも通りの行動をすることが、まるで何かに対する免罪符となるとでも思っているかのごとく――何一つ特別な行動を起こすことなく、帰ったのだった。

郵便受けの中に一通の封筒が入っていた。

どうせ広告しか入っていないだろうとたかをくくっていたところだったので、その封筒の存在そのものにも驚いたが、差出人の名前を見て更に驚くことになった。

それは祖父からの手紙だった。

＊　＊

＊　＊

親愛なる孫へ

わたしはこの懺悔《ざんげ》の手紙を誰に宛てるべきなのか、正直、最後の最後まで迷った。否、そもそもこのような手紙をしたためるべきなのかどうか――そのあたりからわたしは躊躇《ちゅうちょ》している。

あるいはわたしは、この手紙を書き終えた後に廃棄するかもしれない。書いただけで気が済んで、何かが許された気になって、すべてにけりがついたように錯覚し、その後、破り捨ててしまうかもしれない。破り捨てないにせよ、投函することはないかもしれない。その場合、誰かに発見されることがあったとしても、お前がこの文章を眼にすることはまずないわけだが――仮に、今お前がこの文章を読んでいるのならば、どうかこの度胸のない祖父を、大いに笑ってやって欲しい。

考えてみれば、お前とも随分会っていない。

きっとわたしは、このままお前と会うことなく、向こうへと逝く運びになるだろう――自分の死期は自分が一番よくわかっている。

それを思うと、少し寂しい。

死ぬのが寂しいのではない。

死ぬとわかってしまうことが――寂しい。

受け入れるしかない死が、寂しい。

だからこそ、わたしはこうして、お前に宛てて筆を取ったのかもしれない――しかし、本当は誰でもよかったのだ。

わたしはこの手紙を出せるのなら、相手は誰でもよかった。

たまたま、最初に思いついたのがお前だっただけである。

そこに何か確たる理由があるならばまだよいのだが――少なくともわたしにはその理由を思いつくことはできない。本当にたまたまとしか言えない。

だから、かような懺悔を託すのは、若いお前にとって負担にしかならないかもしれないが――もしも重過ぎると思うのならば、耄碌《もうろく》した老人の悪質な冗談だと、一笑に付してくれればいい。

勘弁して欲しい。

墓の中にまで持っていくのには――わたしにとっても、この秘密は重過ぎるのだ。

五十年以上も抱えてきたのだ。

抱えるのにも背負うのにも、限界はある。

もうそろそろ、手放してもいい頃合《ころあい》だろう。

と言って、さて、どこから話したものか。

あの日のことは、ほぼ毎日のように繰り返し思い出して来たから――毎日のように夢に見て来たから。

むしろ現実に起こったとき以上に明確に記憶しているけれど、それでもどこか夢見心地だ。

今の気分は、嘘をつくときの気分にとても似ている。

ほのかな罪悪感と、ひそかな背徳感。

実際、悪質な冗談のような側面もあるのだろう。

ただ——嘘をつくときの気分であれそれは嘘ではなく、悪質な冗談は悪質な現実でしかないというだけの話だ。

ならば言葉を捏《こ》ねくり回す意味はない。

まして選ぶ意味はない、すべてのことは文字通りだ。

起こったことをそのまま話そう。

わたしはあの日——いつものように家に帰った、つもりだった。

家と言うのは、お前も憶えているだろう、今もこうしてわたしが住んでいる、そしてわたしが死にゆくであろう、この村の、この家のことである。

五十年以上前の当時、この村の様子がどうだったのかと問われれば——今と何ら変わらないと、そんな風に答えることができるだろう。お前のような若者にはまだわからないかもしれないが、わたしは今となっては、そんな事実が何よりも嬉しい。

結局、わたしのよりどころは、それくらいしかないからだ。

変わらず、この村がこの村であるということ——

わたしにとって唯一無二のよりどころだ。

お前が今住んでいるという町——街か——は、変化することこそが美徳で、速度以上の価値観はないのだろうが——そしてそれを決して悪いと批判するつもりはないが——それに比べて、まるで時計が進んでいないかのように、いやむしろ逆進しているかのように、何も変わらないこの村のことが、わたしはとても愛《いと》おしい。

変化を求めないということではない——

ただ、そうであって欲しいというだけだ。

そうであるためなら、如何《いか》なる変化も許容できる。

話が逸《そ》れた。

老人の思い出話はこれだからよくない。

しかし、思い出してみれば、そもそもその最初の時点から、おかしいと言えばおかしかったのだ——わたしはそのとき、村の外から、村の中へと、帰ってきたのだから。

そんなことは普通だと思うかもしれない。

しかし違うのだ。

村というものは——それだけで閉じている。

村同士の繋がりなど、言葉の上では存在しても言葉の下では存在しない。

特に当時、三十路《みそじ》過ぎだったわたしは平凡ないち村人であって、家と畑を往復するだけが役割の人間であり、村の外になど出る理由はひとつとしてなかったのだ。

村の外に出た回数など数えるほどだったし。

そもそも数えたことなどなかった。

しかし——わたしはその日、はっきりと、村の外から帰ってきたのである。そのこと自体に何の疑問も抱かず、不自然にも違和感にも思わず——ごく普通に、ごく当たり前に、帰ってきた。

わたしが疑念らしきものを持ったのは、家に帰った直後のことである。

妻がわたしを出迎えたのだ。

妻——つまり、お前にとっては祖母にあたる。

彼女はあまり子供の面倒を見るのが好きではなかったから——そういう人格だったから——、お前にとってはあまりいい印象のない女性だったかもしれない。そもそも、さほど遊んでもらった憶えもないだろう。

憶えていても顔くらいではないか？

あるいはそのほうがいいのかもしれないが。

ただ、当然のことながら、当時のわたしが三十路過ぎであったように、当時の彼女も老婆ではなく、まだ二十代の女性だった。

そのつもりで続きを読んで欲しい。

「お帰りなさい。今日は随分と早いのですね——忘れ物でもされましたか？」

妻はそう言った。

言われて初めて、わたしはまだ、日も暮れていないことに気付いた——早上がりどころか、妻の言う通りに、忘れ物を取りに帰ってきたと思われても仕方のないような時刻だった。

どうしてわたしは。

こんな時間に家に戻ったのだろう。

忘れ物などした憶えはない。

それに、今の今まで——わたしはいつも通りに、仕事を終えて帰って来たつもりでいたのである。妻から言われるまで、まるで、そんなことを疑問には思っていなかった。

日の高さなど気にもしなかった。

村の外から帰ってきたのと同様——

疑問に思っていなかった。

「それに——手ぶらじゃありませんか」

と、続けて妻は言った。

「荷物はどうされたのです？」

わたしは答えることができなかった。

荷物。

畑仕事に出かけたのなら、それ相応の荷物を手にしていなければおかしい——その帰り道だと言うのなら尚更である。

なのにわたしは手ぶらだった。

不自然である。

否——不自然以上だ。

わからなかった。

いや、そもそも——わたしは畑仕事になど、出掛けたのだろうか？

どうにも記憶が曖昧《あいまい》だった。

確かに今朝家を出た——ような気がする。

村の中の畑に辿り着いた——と思う。

精魂込めて土を捏ねた——はずだ。

そしてこうして帰って来た——つもりである。

しかし、その記憶は、はなはだ茫洋《ぼうよう》としていた。

探れば探るほど、まるで泥水の中に手を突っ込んでいるようなものだった。手ごたえはあるのに、結局は何もつかめない。

こうして手ぶらで帰って来た以上、持って出たはずの荷物は畑に忘れてきてしまったのだと判断するのが正当なのだろうけれど、しかしそう判断するのには、いささかのためらいを覚えた。

そうではない——と思う。

しかし、ならばどうなのだと訊かれれば、答えることはできそうもない。

妻は。

そんなわたしに止《とど》めを刺すように言った。

「どこかで——着替えられたのですか？」

と。

「そんな柄の服——お前様は持ってなかったように思いますが」

止めを刺すように、そう言った。

それもまた、言われて気付く。

わたしはまったく——見覚えのない服を着ていた。いや、見覚えがないどころか、まるで趣味でない——わたしがわたしであるならば、まず袖を通さないであろうような柄の服を着ていたのだ。

趣味興味好み云々《うんぬん》を差し引いても、まず畑仕事に相応《ふさわ》しい格好とは言えない。

そういう視点で見れば、服のみならず、わたしの格好のすべてがおかしいようにも思えた。おかしいと言うのは言い過ぎかもしれないが——しかしどうにもこうにもちぐはぐで——

——違和感。

そう、違和感があった。

妻はわたしからの答を待っているようだった。

素朴に。

疑問に対する正当な答を求めているようだった。

だが、わたしにそんなことがわかるはずもない——むしろわたしのほうが教えて欲しいくらいだった。

結局、わたしは、こう言うに留めた。

気のせいだろう——

こういうこともある——

何かの間違いだ——

きっと勘違いしているんだ——

が、苦し紛れのようにそう言って——妻の顔を改めて見たとき。

わたしはそのときこそ、明瞭に違和感を覚えたのだった。

違和感を越えた違和感のようなものを。

言うなれば違和そのものを、感じたのだ。

不自然以上のもの。

不思議だと——感じたのだった。

「どうかされましたか?」

と、妻はそんなわたしを不審がるように、訊いてきたが——それに答えることも、また、できなかった。

何一つ答えることができなかったわたしは。

応えることさえできなかった。

そのときのわたしの脳裏には、まったく次元の違う疑問が浮かんでいたからだ。

——この女は。

——確かに、わたしの妻なのであろうか。

*　*

＊　＊

僕はそこまで読んで、一旦手を止めた。

考えてみれば、こんな風にじっくりと、祖父の字を見るのは初めてかもしれない。僕には書道の心得はないけれど、毛筆で書かれたらしいその文字は、かなりの達筆であるように思われた。

僕とは大違いだ。

そもそも墨を含ませた筆で、こんな風に細かい文字を書くことさえ、僕にはできないだろう。漫画家がやるのであろうベタ塗り作業が精々《せいぜい》だ。僕の悪筆は、サークル仲間の間でも有名である。

曰《いわ》く、奴にペンを取らせるな——とか。

曰く、ワープロが普及していなければ、奴は単位のひとつも取れないだろう——とか。

曰く、どんな暗号解読機でも、奴の字だけは読み解くことはできない——とか。

酷いことを言われたものである。

しかし、一方で言い得て妙だとも、本人の僕がそんな風に思ってしまうのだから、これは処置がない。僕は字を綺麗に書ける人間を、心の底から尊敬する者である。僕には現在、二ヵ月の付き合いになる彼女がいるが、そもそものきっかけは、いつだったか彼女の手書きの字を見て、その字に僕が惚れ込んでしまったことである。

本人にはまだ伏せているが。

いつか、いい笑い話になると思う。

なって欲しい。

その意味では——祖父がこのように達筆であったのならば、字の上手下手が遺伝するものなのかどうかは知らないが、彼から書道のいろはの手ほどきを受けていればよかったと、手紙の内容とはまったく関係なく、そんな風に思った。

そうだ。

手紙の内容である。

達筆であることは間違いないにせよ、それ以外の点においてはどうにも要領を得ない内容だった——字が綺麗であるだけにその要領の得なさが際立《きわだ》つと言っていい。否、内容が要領を得ないからこそ、知らず字のうまさのほうに関心がいってしまったのかもしれないが、ともかく、思い出話なのかと言えばそうでもないし、まして遺言書といったような趣《おもむき》でもない。

そもそも成人したばかりの孫に遺言書を残す理由があるとも思えない。

冒頭に懺悔の二文字があったが、しかし、今のところそんな内容に繋がるような手紙だとも思われなかった。

懺悔。

漢字で書けそうもない二文字だ。

それこそワープロが必要だろう。

察するに、己の死期を察した祖父が、最後に記した手紙ということになるのだろうが——だとしたら、この手紙を遺言書と表現することには誤りはないのだろうけれど、しかし、どうしてその相手が僕なのか。

たまたまと書いてあるが。

本当に理由はないのだろうか。

僕の一族は、それほどの人数がいない。

近年の核家族化少子化の影響なのか、先細りである——確か祖父にとって、僕は唯一の孫だったはずだ。僕が祖父を慕っていたように、だからこそ祖父も僕を可愛がってくれたというのが、おおよその真相なのだろうが——だからと言って、最近は露骨に疎遠になっていた僕である。

手紙の中に祖母についての記述もあった。

文中にあった通り、僕は祖母については顔くらいしか憶えていない——別段冷たくされたというほどでもないが、しかし、祖父ほどに可愛がられた憶えはない。

が、『そのほうがいいのかもしれない』とはどういう意味だろう?

それに——『確かに、わたしの妻なのであろうか』とは、どういう意味だ。

思わず手を止めてしまうほどに、インパクトのある言葉だった。

奇妙なすごみのある言葉だった。

手紙にはまだまだ先がある。

それらの疑問は、これから解消されるのかもしれない。

否——きっとこれは、そのための手紙なのだろう。
僕はとりあえず、祖父からの手紙を読み進めることにした。

＊　＊

＊　＊

お前は今、一人暮らしをしていると聞く。

それはわたしがお前くらいの年齢の頃には、まずあり得なかったと断言していい環境だ。家族とは言わば自分自身であり、一個の生命体であり、それから切り離されることは、即《すなわ》ちそのまま家族との別離を意味したからだ。

離れても関係が継続する環境など、あるはずもないものだった。

離れたら終わる。

そこで関係性は切れる。

それが——家族だった。

もっとも——そんな陳腐な価値観は、あの日、わたしの中で吹き飛んで、そして消し飛んでしまったのだが。

いずれ、時間の流れ、時代の移り変わりと言えばそれまでだ。

それに抗《あらが》うことに意味などない。

事実、息子夫婦が村を出て、妻が亡くなって久しい今となっては、このわたしもまた、お前と同様に一人暮らしをしているのだから——その辺りについて何を言ったところで、説得力のかけらもないだろう。

だからそれは置いておこう。

当時のわたしの話だ。

当時のわたしは、妻と、幼い息子、それにわたしの父と母——これにわたしを加えた、五人家族で日々を暮らしていた。

お前も来たことのある、さほど広くもないこの家に、五人でひしめき合うようにして膝を突き合わせ、暮らしていたのだ。

わたしの父と母——これはお前にとっては曾祖父と曾祖母にあたるが、しかしお前にとってはも何も、お前は会ったことはおろか、話に聞いたことさえもそうないだろうこのふたりのことについて、詳細を語ったところでさして意味はあるまい。

だから、そういう人達がいたということだけ、ここでは記しておくことにする。

息子——これは、当然、お前の父親ということだ。

わたしや妻に若かった頃があるよう、お前の父親にもまた、若かった、幼かった頃があるのだ。聞いたところ、お前は現在、父親とはあまり仲がよくないそうだが——あいつにもそういう年頃があったことは、わかっておいてやって欲しい。

説教臭いことを言うのがこの手紙の目的ではないが——あいつは間違いなくお前の父親なのだから、わかっておいてやって欲しいと、わたしは本心からそう思うのだ。

ともかく。

妻。

父、母。

子。

わたし以外の四人――である。

わたしはこの四人について、同じように思ったのだ。

即ち――

――この人達は。

――確かに、わたしの家族なのであろうか――

と。

この妻は本当に妻なのか。

この父は本当に父なのか。

この母は本当に母なのか。

この子は本当に子なのか。

わたしは――疑問に思ってしまったのだ。

どうしてそんなことを思ってしまったのかわからない――今になって冷静に思うなら、そのときのわたしは、それよりもまず、どうして自分が村の外から帰ってきたのか、どうして手ぶらで帰ってきたのか、どうして趣味ではない服を着ていたのか――

それらの問題のほうを考えるべきだったろう。

しかしそんな風には思わなかった。

村の外から帰って来たことについては、未だ気付いていてさえいなかったのだ。

なのに。

そんなことよりも――わたしは彼らに違和を感じていた。

違和を、そして異質を。

不思議を。

どうしようもなく、感じていた。

まるで――知らない他人を相手にしているようだった。

具体的な材料があったわけではない。

たとえば、この女はわたしの妻ではないのかもしれないと、そんな風に思った理由が、確としてあったわけではない――むしろ、そう思いながら話してみても、妻はどこまでも妻だった。

両親がどこまでも両親であったように。

息子がどこまでも息子であったように。

家族はどこまでも家族だった。

しかし――それでも、わたしの疑念は取り払われることはなかった。

ちぐはぐなのに理に適《かな》っているような。

間違っているはずの計算の辻褄《つじつま》があったような。

そんな疑念は――取り払われることはなかった。

彼ら家族の一挙手一投足が――

強いて言うなら、すべての理由だった。

わたしは彼らのすべてに――彼らが彼らであることに、不快ささえ覚えた。

一時間も持たなかった。

わたしはまるで、他人のようにしか思えなくなってしまった家族を置き去りにするように——仕事に戻ると言い捨てて、家を出たのだった。

既に身体を悪くしていた父・母は勿論《もちろん》、幼い子供の面倒を見なければならない妻も、わたしを追ってくることはなかった。

彼らにしてみれば、わたしのほうがおかしいのだろう——わたしにこそ、違和感を覚えていることだろう。

確かに、おかしいのはわたしだった。

一挙手一投足。

言動から行動に至るまで——普段と違うのはわたしのほうであり、彼らはどこまでも彼らであり、彼らしからぬ言動も行動も、まったくしていないのだから——おかしいのはわたしだった。

五十年以上経った現在から振り返ってみれば、言うに及ばず。

そんなことは、当時のわたしでもわかっていた。

仕事の疲れが出たのだろうか。

確かにわたしは疲れていた。

しかし——よくよく考えてみれば、これは畑仕事の疲れではないように思えた。

腕も腰も、まるで平気である。

ただ——足だけが棒のようだ。

まるで遠く離れた場所から、遠路はるばる、この村へと戻ってきたかのような——

——ばかな。

——そんなことがあるわけがない。

——そんなことは有り得てはならない。

わたしは強引に、そう思った。

無理矢理。

自分の中の疑念をねじ伏せるように。

ことここに至ってもまだ——わたしは自分が、村の外から帰ってきたことに気付いていなかったのだ。否、それを認めようとしていなかったのだ。

それを認めることが。

何かの崩壊に繋がるような気がして。

全ての崩壊に繋がるような気がして。

だが、物事は既に崩壊していたのだ。

崩壊は既に終了していた。

この時間は、結局、わたしがそれに気付くまでの猶予でしかなかったのである。

わたしは畑には向かわなかった。

どうしてか、その方向へは足が向かなかった。

あるいはわたしは、心の深層のところで真相に気付いていていて——気付いてしまっていて、少しでもその時間を先延ばしにしようとしていたのかもしれなかった。

わたしは家の裏の丘に登って。

村を一望できる丘の上に登って——幼いお前をよく連れて行ってやった、あの丘だ——しかしどうしたらよいものかもわからず、所在無く、その場をうろうろと、大きな円を描くように歩き続けたのだった。

まるで思春期の子供だ、とお前は思うだろう。

思うはずだ。

事実、当時のわたしもそう思った。

三十路を過ぎて恥ずかしい、と。

自分を取り巻く環境に疑問を覚えるなど、考えてみれば誰もが普通に経験することである——思い起こしてみれば、十四や十五の頃、わたしは今と同じようなことを感じていた——と、そんな風に自分を納得させようとした。

自分の存在する環境に満足する者などいない。

隣の芝生は青く見えるものだ——どんな焦がれ憧れたものであれ、それが自分のものとなった途端、色あせて見えるものだ。

欲しいものは、手に入らないから欲しいのだ。

不足しているからではない。

だからこそ、自分を取り巻く環境に不満や、それが行き過ぎれば違和感を覚えてしまうものだろう。違和を——そして不思議を、感じてしまうものだろう。

大恩ある父や母、世話をかけている妻や、可愛い息子を——自分とは関係ないもののように思えてしまうことも、ならばあるのかもしれない。

しかし、それこそ思春期の子供ならばまだしも、それは三十路の大人が抱いていいような感情ではないだろう——わたしは途端、自分自身が恥ずかしくなってしまった。

顔を起こせないほど、照れくさくなってしまった。

——仕事に戻ろう。

——やはり疲れているのだ。

——何、一晩眠ればすぐにこんな気持ちはなくなってしまう。

そんな風に思った——無理矢理にではあったが、自分を納得させることに成功しかかった、そのときであった。

「どうかされましたか——」

と。

低く、しかし力強い声が——背後からかけられた。

わたしは驚いて、振り向いた。

そこにはひとりの男が立っていた。

年齢の読み取れない風貌《ふうぼう》の男だったが、それでも無理に推定するならば、五十歳前後だろうか。しかし枯れた様子のまるでない——精悍で、しかも意志の強そうな視線を持つ男だった。

白い単衣《ひとえ》に黒い軽衫《カルサン》袴。

和服に不似合いな古びたトランクを手にしていた。

「——何か、お悩みのようですが」

あ。

と、わたしは戸惑った。

否、戸惑ったのではない——それどころではない。

そのとき。

ただ、眼が合っただけで、その男に、わたしは呑まれてしまったのだろう。

眼を合わせてはならなかったのだ。

一瞬で、ほんの一瞬で。

ただのまばたきひとつの間で。

わたしはありとあらゆる選択肢を、剥奪されてしまっていた。

村の人間ではない。

お前も知っての通り、この村はそう規模の大きい村ではないし——繰り返しになるが、その時代のこと、村自体がひとつの共同体である、知らない村人など、そもそも存在するわけもないのだ。

異質な者が這入《はい》ればすぐにわかる。

そして——この男は確実に異質だった。

否。

異質という言葉では収まりきらない。

もちろん、違和でもない。

その男は——それほど確実に、違ったのだ。

郷土史家だというその男は。
堂島《どうじま》静軒《せいけん》と名乗った。

＊ ＊

＊
＊

思春期の子供、というくだりを読む段になって、僕は身につまされるような思いをすることになった——確かにその通りだと、そんな風に思わされてしまったからだ。

僕もそうである。

自身を取り巻く環境に違和感を覚える——そこがまるで自分に相応しくない環境のように思わされる、とでも言うのだろうか。環境さえ整っていれば、自分はもっと自分らしくあれるはずだ——と、そんな感情。

よくあると言えば、よくある。

よく聞くと言えば、よく聞く。

そんな話だ。

僕の場合は、本当は自分はこの家の子供ではないと、奇妙なほどに強い確信を持って、そんな風に考えていた。

中学に上がったばかりの頃だったと思う。

自分はどこかの大富豪の息子で——

自分はどこかの王様の隠し子で——

自分はどこかの選ばれし子供で——なんて。

そんな、詮《せん》のない妄想に胸を膨らませていた。

無論、妄想は妄想である。

僕の両親は間違いなく僕の両親であり、他の誰でもなかった。

ただ、闇雲《やみくも》にそれを否定したいと思う、そんな年頃は誰にでもある。

たとえば先にあげた僕の彼女など、自分は橋の下から拾われてきた子供なのではないかと、随分と長い間疑っていたそうだ——それもまた、典型的な話ではあるが。

しかし、そうは言ってもそれが祖父の時代——五十年前——から、まるで伝統のようにあった『常識』だというのは、少しばかり意外ではあった。

どの時代であれ、思春期は思春期か。

戦後であれ戦中であれ戦前であれ。

あるいは江戸時代であれ。

いや、祖父の場合は、現在を踏まえた上で五十年前を振り返る形だから——より一層、そんな風に思うのかもしれない。いずれ、僕の人生の四倍近い歳月を暮らしている祖父の心中など、推し量れるはずもないのだが。

が、それでも——祖父が十五の頃だというならまだしも、三十過ぎの頃に、そんな感慨にとらわれたというのは、確かにおかしな話だと思う。

妻だけではなく——家族全員が疑わしいなど。

いくら疲れていたところで、そんなことがありうるだろうか？

それとも、そういう場合は、芋づる式に、すべてが疑わしくなってしまうものなのだろうか——それにしては、家族以外の村人に対する記述はないようだけれど。

高校生の頃、僕は手ひどい振られかたをしたことがある。

向こうから告白されて、半年以上付き合ったのちに、その同級生は僕にこんなことを言ったのだ。

——どうしてあなたと付き合っているのかわからなくなった。

わからなくなってしまったなら仕方がない。

それは確かだが、それは理由になっているようで理由になっていない——どうせ他に好きな相手でもできたのだろうと、僕は抵抗することなく、彼女の言葉を受け入れた。

それ以外何ができたというのだろう?

だけれど——今にして思えば、案外、あれはあの子にとって、正直な気持ちだったのかもしれない。高校生と言えば、もろに思春期なのだから。

そんな理由もありうるだろう。

理由なき理由も——あるだろう。

しかし、だとしたら、祖父もそうだったのだろうか。

どうして自分の家族が自分の家族なのか——わからなくなったのだろうか。いや、その妻のことを僕の祖母だと紹介した以上、この話が家庭の崩壊へと繋がったわけではないのだろうが——それに。

突然現れたというその怪しげな男は。

いったい、何者なのだろう。

僕は手紙を読み進める。
既に半分以上読み終えている——残りの半分には、どんなことが書かれているのか。
知らず、僕はその内容に引き込まれていた。
そして——
僕は祖父の罪を知ることになる。
祖父が決して、変わり者などではなかったことを、知るのだった。

＊

＊

＊　＊

「知りたいですか」

と。

その男——堂島は言った。

呑むような視線で——張りのある声で。

さりげなく、しかし確実に、心の隙間《すきま》に入り込むように——そう言った。

眼でわたしの胸を刺し。

声でわたしの身体を包む。

わたしは。

既に自分が取り返しのつかない位置に踏み込んでしまったことを自覚しながらも——首を横に振るのが正しい選択だと、明らかにわかりきっているにもかかわらず——

——し——。

知らず、そう答えていた。

——知りたい——です。

「知りたいですか。困りましたねえ」

堂島は、自分から振っておきながら——本当に困っているかのように、しかし至極《しごく》楽しそうに——そんな風に、肩を揺らした。

「知らなければ、そのほうが幸せだというのに——」

——知らないほうが——幸せですか。

既に。

わたしはことの次第を——堂島に話し終えていた。

いや、話したと言うのは正確ではない。

聞き出されていた——と言うのが正しい。

およそ己の勘違い、錯覚に起因するだろう悩みごとを、初対面の人間に話そうというほどに、当時のわたしは恥知らずではなかったはずだ——それなのに、五分も経たないうちに、わたしは全てを——

あるいは全て以上のことを。

堂島に話し終えていた。

別段、人当たりのいい男でもない。

どころか、角度を変えて観察してみれば、酷く気難しい風に見えなくもない。

少なくとも——わたしは酷く。

この男を警戒していたはずなのに。

なのに。

気付けば、こうして向かい合って——言葉を交わし合っていた。

「知らないほうが幸せですよ。否——」

と、堂島は続けた。

「――そもそも、全ての不幸は知ることから始まると言っていい。ある存在を知らなければ、その存在に対する評価は生まれない。つまり幸福も不幸もあったものではない。ならば少なくとも不幸ではない。となると、それは幸せと等価なのでは――ありませんか」

――しかし。

それはただの理屈であるように思われた。

あるいは、ただの言葉であるように思われた。

現実は言葉通りにはいかない。

言葉の上ではそうであっても――言葉の下ではそうではない。

そのはずだ。

「その通りですよ」

そんな風にわたしの反駁《はんばく》を首肯《しゅこう》して、堂島は笑った。

「まったく、その通りです――言葉は、ただの言葉です。が、言葉以上のものがあるかと言えば、これはかなり疑わしい」

――疑わしい。

「言葉に下などありません。ある存在があったとして、名前がなければ、その存在を呼ぶことはできないでしょう？　名前を呼べないのならば――その存在は存在しないのと同じです」

――存在――しない。

「たとえば、あなたの奥方――」

堂島は言った。

「――あなたは彼女が彼女であることに、違和感を覚えている。換言すれば、彼女は彼女ではないのではないかと思い始めている。彼女の存在を――疑い始めている。そうですね？」

畳み掛けるような話術で、堂島はわたしの目を覗き込む。

生乾きの、中途半端に濡れた服を着ているかの如き気持ち悪さを感じながらも、

――そうです。

と、わたしは頷《うなず》いていた。

事実、その通りだったからだ。

すると堂島は、

「しかし――」

と、揺さぶりをかけるかのように、逆接の言葉を繋いだ。

「だとするならば、あなたは、何をもって――あなたの奥方を、あなたの奥方だと判じているのですか？」

それは根源的な疑問だった。

当たり前過ぎて――答が見つからないほどの。

今までわたしは、違和を感じる妻について、どこがいつもと違うのだろうとばかり考えていた――が、どうだろう、そもそも妻らしさとは何なのか。

いつもの妻とはどういうものなのか。

いつも通りだと思っていながら——

そのいつも通りが何なのか。

わたしはすぐには答えることができなかった。

「なるほど。奥方がいつもと違う気がする。これは——確かに、不思議でしょう」

堂島はそんな風に言う。

「しかし——逆に、奥方がいつもと同じであること。これも、不思議と言えば不思議だ」

——不思議。

わたしは知らず、堂島の言葉を繰り返した。

感じていた言葉だ。

「ええ」

と、頷く堂島。

「この世には不思議でないことなどないのですよ」

そんな言葉を——

彼は、低く、よく通る声で言った。

それはまるで、宣言文のようだった。

「何。勘違いしないでください。私は何も、哲学的な意味合いを込めて、あなたにそう問うたわけではないのです——要は、ある人間の、その人間らしさとは何なのか。

それを知りたいのですよ」

たとえばあなたなら。

あなたらしさとは何なのか——と。

堂島は笑顔を作って、そう詰め寄る。

今でも鮮明に思い出せるほどに——それは、嫌な笑顔だった。

楽しくて楽しくて仕方がないというような。

わたしの困惑する様子を心底喜んでいるような。

嬉しくてたまらないというような。

そんな——嫌な笑顔だった。

「外見なのか。それとも中身なのか」

——外見。

——中身。

堂島の言葉が——わたしの中で響く。

表面上の意味とは違う概念となって——渦巻く。

毒のように渦巻く。

蹲《うずくま》るように——沈殿する。

「曰く、人は外見ではなく中身だという。その人格にこそ、その人間の本質は宿るという考え方です。一方で、人は人付き合いにおいて、外観こそを重んじる——その装飾によって人を判断し、自らの価値を高めんと、まるで孔雀のごとく、躍起《やっき》になって己を着飾る。これは——矛盾していますよね」

矛盾。

堂島はその言葉を、まるで許せないものであるかのように、言い捨てた。

「あなたの奥方の話に戻れば——あなたはあなたの奥方の外見に惹《ひ》かれたのか。それとも中身に惹かれたのか。逆に、あなたの奥方はあなたの外見に惹かれたのか。それとも中身に惹かれたのか。知りたいとは思いませんか？ 外見が中身を作るのか。中身が外見を作るのか。人格が器を作るのか、器が人格を作るのか——それを確かめてみたいと思いませんか？」

確かめて——みたいのだろうか。

郷土史家だというこの男——考えてみればその肩書きも本当かどうか怪しいが——どころか、堂島という名前さえも本名かどうか怪しいが——堂島は、確かめてみたいのだろうか。

そう問い返すと、

「ええ」

と、あっさり堂島は頷いた。

あっさりと。

「だから、これはゲームなのですよ」

——ゲーム？

「否——実験かな」

——実験？

「ええ。実を言いますと、私は以前、大規模なゲームを主催したことがありましてね——これは、言うなればそのゲームの余興ですよ」

ゲームの、しかも、余興だと？

おかしなことを言う、と思った。

そんな言い方をすれば、まるで堂島こそが、この奇妙な状況を招いた張本人のようではないか。

わたしは冗談めかしてそう指摘したが、堂島は楽しそうに——嫌らしく笑うだけで、否定も肯定もしなかった。

そして、

「ごくまれに、あなたのような人がいるのですよ」

と言った。

「体質なのか、それとも確率的な問題なのか——特に確たる理由もなく、突然、我に返ってしまう人が——ね」

——我に——返る。

「まあ、そんな場合においても、術をかけ直せばいいだけの話なのですが——これはこれでとても貴重なサンプルですからね。少し、話を聞かせてもらおうと思いました」

サンプル、というその言葉からは、人を人とも思わぬ堂島の人間性が垣間見《かいまみ》えたような気がしたが——既にわたしは、呑まれてしまっていた。

逃げ出そうという発想は、そもそも生まれない。

そんな選択肢は——剝奪されている。

術、というその浮世離れした言葉に、疑問を挟むことさえできない。

否——許されない。

ただ——堂島の言葉を受け取るだけである。

人形のように。

「知らないほうが幸せなのでしょうが——知りたいというのなら、お教えしましょう」

故意にだろう、そんな押し付けがましくも恩着せがましい言い方をして——堂島は続けた。

謎解きでも絵解きでも何でもない。

ただの答合わせを始めた。

「隣村——と言っても、この村からはかなり遠く離れているのですがそれでも隣村は隣村です。この村と同規模の村ですかね。そこに——ある一戸の家族が暮らしています」

そんな取り留めのないところから、堂島は説明する。

隣村。

村同士の繋がりなど——存在しない。

言葉の上では存在しても——言葉の下では存在しない。

否。

言葉に下は——ないのだったか。

それがどうしたのか、と訊こうとしたわたしを制するように、

「その家族は——五人家族です」

と、先んじて堂島は言った。

「老いた父と母、そのふたりの三十路過ぎの息子、その息子の妻、そして幼い孫の——五人家族です」

——そ。

——それは——わたしの家族だ。

わたしの言葉に、堂島は、

「いいえ」

と、首を振って答えた。

「あなたの家族ではありませんよ——あくまでも、隣村の家族です。構成人数が同じであること、構成形態が同じであること、個人個人の年齢が比較的近いことも——ただの偶然です」

そんな偶然の一致があるものなのか。

あるとすれば——それは不思議ではないのか。

「不思議ですね」

と、堂島は、今度は首を縦に振る。

「繋がりのないはずの村同士で、そんな偶然の一致があるとすれば——これは確かに不思議だ。しかし、こうも考えられるでしょう——そんな偶然の一致がないほうが不思議だと。この世にあまた家族のある中、ひとつの家族とひとつの家族が、村を隔てて一致することくらい——ないほうがおかしいのだと」

それも——ただの言葉だ。

言葉を弄《もてあそ》んでいるだけだ。

言葉の上——である。

まるで深い意味がない——そんなことを言ったら、意味があるほうが不思議だと、そう返されてしまうのだろうか。

そんな思いが、わたしの口を閉ざさせた。

「まあ、いずれ、それはそれだけでは、面白くも何ともない、ただの不思議ですよ——たまたま、私達がそれに気付いたというだけのことに過ぎません。それでは——楽しくないでしょう」

——楽しく、ない。

「だから——楽しいゲームをしようと思ったのですよ。余興です——」

余興、と。

その言葉を強調するように、堂島は言って——そして、ことの真相を明らかにした。

ゲーム。

そして実験の、真相を。

と言っても、それほど込み入った話ではなかった。

むしろ彼——彼らがやったことは、非常に簡単なことだった。

単純明快と言っていい。

「繋がりがないのなら——繋げてしまえばよいのですよ」

堂島は言った。

つまり、彼らはわたしの所属するわたしの家族——と、今までその存在すら知らなかった隣村にあるという、構成を同じくする五人家族——を、そっくり入れ替えたのだ。

それもただ入れ替えたのではない。

その人格ごと——入れ替えたのである。

——馬鹿な。

——そんなことが——できるわけがない。

わたしは思わず、そう言った。

「できますよ」

しかし、堂島は笑顔で答えた。

とても楽しそうに。

とても愉しそうに。

とても娯しそうに。

答えた。

「私達はかつて、村をひとつ消したことがあります――それに比べれば家族をひとつ入れ替えることなど、造作もないことです」

聞けば。

それが堂島の言うところの――術であるらしい。

彼と、彼の支配下にある者達は、記憶や認識をほしいままにすることができるそうだ。

記憶、そして認識。

それ即ち――人格である。

二十歳の若者がいたとするなら、二十年分の記憶が彼または彼女の中には蓄積されている。その蓄積されたものこそが、彼または彼女の――人格ということになろう。

中身ということとなろう。

その記憶を操作する。

蓄積されたものを認識させず――

代わりに違う記憶を認識させる。

それだけのことで、器は同じままで、人格の違う人間が出来上がる――外見は違うままに、中身の同じ人間が出来上がる――というわけだ。

堂島はそれを家族単位で行った。

わたしの家族五人と。

見知らぬ家族五人を――入れ替えた。

そっくり、入れ替えた。

父を父と。母を母と。妻を妻と。子を子と。

わたしをわたしと。

入れ替えたのだ。

違和感を覚えて当然である。

わたしが見た妻は——確かに妻ではなかったし。

父も母も息子も。

父でも母でも息子でも——なかったのだ。

人格のみを同じくした、ただの他人だったのだ。

中身は同じでも。

外見は違ったのだ。

思春期の子供のごとき思いは——そのまま正鵠《せいこく》を射ていたというわけだ。

——ど——どうして。

——どうして、そんなことを。

——そんなことをして——何になる。

「楽しいじゃないですか」

堂島は、いっそすがすがしいほどにはっきりと、そう言い切った。

「それに、実験——ですよ。奇《く》しくも、あなたが我に返ったお陰で——実験結果はより強固に裏づけされました。ある人間の真価は、外見にあるのか、それとも中身にあるのか——あなたのお陰で、矛盾なく、この問いの答が出たのです」

外見と——中身。

器と——人格。

それらは本来、対立する概念ではないはずだ。

ふたつでひとつの、表裏一体のものであるはずだ。

しかし、堂島は——そんなことを匂わせもせず。

出たという答を、口にした。

「人の真価は、どうやら中身にあるようですね」

と。

そう言った。

「何故なら——当たり前の話ですが、構成こそ同じでも、あなたの家族と隣村の家族とでは、外見がまるで違うのですよ。似てもいないし、共通点さえ少ない。にもかかわらず——あなたは多少の違和感を覚える程度で、彼らを家族だと認識した。おかしいのは自分のほうだと——そう思おうとした」

その通りだ。

もしも堂島が現れなければ——

わたしはその認識のままに、自分を納得させて、感じた違和をただの錯覚だと思い込んで——畑仕事に向かっていただろう。

日常に帰っていただろう。

何も——知らないままに。

「あなただけではありません。隣村からやってきたはずの彼らは――何の問題もなく、この村に溶け込んでいる。共同体意識の強い、この村にですよ。村人達も、勿論最初はあなたと同じように、違和感を覚えていたでしょう――しかしそんな違和感は、生活のうちに消えていった。どれほどに外見が違えど、中身が同じであるならば――それは同じ人物であると判ぜられるということですよ」

そんなもの――なのだろうか。

外見とは、ただの飾りなのだろうか。

しかし事実はそれを証明していた。

わたしは――入れ替わっていた妻と、入れ替えられていた隣村の女を、区別することはできなかったのだ。

人格が同じというだけで。

思い出してみる。

今日、違和を感じた妻――あの女を思い出してみる。

するとどうだろう。

確かにそれは――見たこともない女ではないか。

ただ、振る舞いが。

たたずまいが、口調が。

仕草が、癖が。

一挙手一投足が。

言動が、行動が――妻と一致するというだけで。

父もそうだ。

母もそうだ。

子もそうだ。

全員――明らかに、別人である。

なのに――本人と同じように見えた。

見えてしまった――そう認識させられたのだ。

――否。

――わたしもそうだったのか。

気付いて――わたしは思わず、呟いた。

曖昧になっていた記憶がはっきりしてきた。わたしは、つい昨日まで、隣村で――別の男として、別の村の、別の家庭で――一家の大黒柱として、あくせく働いていたのだった。

そのことに何の疑問も抱かずに。

しかし、そこは別の家庭であっても――

そこにいたのはわたしの家族だった。

人格は入れ替えられていても。

記憶は他人のものを認識させられていても。

妻は確かに妻であり。

父は父であり、母は母であり。

子は確かに——子だった。

ただ、それが他人の人格であっただけで。

わたし自身も他人の人格であっただけで。

外見は——わたしの家族そのものだったのだ。

構成が同じだったのだ。

——だ。

——だけど、記録が——あるはずだ。

——記憶は修正できても——

——記録は修正できないはずだ。

「記録も所詮記憶の一部ですよ。過去に関する記述など——現在の現実にあわせて、いくらでも修正されます。現実がそうである以上——記録のほうが間違っていると、そう判断されるだけですよ」

それは——その通りだろう。

たとえば、血液型。

記録された血液型と、実際の血液型が異っていれば——記録のほうが間違っていると判断されるはずだ。

間違っても。

現実が間違っているとは、思われない。

現実がずれているとは――思われないのである。

「そしてあなたは、いったい何がきっかけだったのか、昨日、仕事を終えて――ふと、我に返った。そして、一晩かけて、遠路はるばる、隣村からこの村へと帰ってきて――自分の家にたどり着いたというわけです。外見は他人で、人格は家族である家族の待つ、自分の家に――ね」

疲れているはずだ。

足が棒のようでも当たり前である。

記憶――と言うか、わたしのわたしとしての人格は、おそらく、歩いているうちに戻ったのだろう。代わりに、今まで認識していた、他人としての自分の記憶は――上塗りされていた記憶のほうを、忘却していったというわけだ。

すべて思い出した。

すべて認識した。

いや――思い出させられ、新たに認識させられたと言うべきなのか。

堂島静軒という男に。

「知らなければ――よかったでしょう？」

堂島からのその問いかけに。

わたしは自然、頷いていた。

知らぬ間に自分を奪われ――他人への成り代わりを強要されていた。

それでいて、強要した張本人はまるで悪びれる風もない。

ゲームや実験。

余興だと言い切る。

違和感不思議云々以前に——ただ怖かった。

「そうですか。困りましたねえ」

堂島は言う——やはり、楽しそうに。

余興どころか——まるで、酔狂だった。

——これから。

——これからわたしはどうすればよいのでしょう。

どう考えても堂島に訊く筋ではなかったが、そのときのわたしは——それを理解した上でも、彼にそう訊かざるを得なかった。

「別に——どちらでもよいのではないですか？」

と、驚くほどにあっさりと、堂島は返答した。

——ど。

——どちらでもよいとは。

「このままこの村にとどまって、本人として暮らすもよし——それとも、隣村に帰って、他人として暮らすもよし——あなたにはどちらの選択も、許されている」

それは、とても選択肢とは言えない。

許されているなどという言葉が似つかわしくない。

強いられている、究極の二択——だった。

「あなたが我に返ってしまったことは、言わば私達の失敗ですからね——まったく、不出来な教え子を持つと苦労します。私はね、言うなれば尻拭いをしに来たのですよ——」

堂島は——射抜くような眼で、わたしを見た。

わたしの身体はもう穴だらけで。

すかすかである。

「もしもあなたが本人であることを望むのなら——このまま私は去りましょう。しかし、もしもあなたが他人であることを望むのなら——もう一度、今度は私が直々に、今度こそは二度と覆《くつがえ》らないほどに厳重に——あなたの人格を、上塗りして差し上げましょう」

——人格を、上塗り。

当たり前のようにそう言うからには。

きっと、当たり前のようにそうできるのだろう。

この男にとっては、当たり前のことなのだろう。

——ならば。

——入れ替えた家族を——入れ替えた人格を、全員分、元に戻すことはできないのですか。

わたしはそう言った。

すると堂島は、

「困りましたねえ」

と、繰り返した。

「術をかけるのは簡単でも、術を解くのは容易ではありません——それなりに手間がかかります。だからこそ——あなたのように、自然に我に返った人間が、貴重なサンプルとなるのですよ」

今となってはあとの祭りもはなはだしいが。

堂島のこの言葉は——偽りだったのだろう。

彼なら、入れ替わりを元に戻すことなど、朝飯前だったはずだ——だからこのときの彼の本音は、こうだったはずだ。

そんなことをしたら。

ちっとも楽しくないじゃありませんか——。

だから——わたしには、二択しかないのだった。

家族として他人と生きるのか。

他人として家族と生きるのか。

二択とも言えないような——二択しかないのだった。

——けれど。

——それはどちらにしても——同じようなものですよね。

術とやらをかけ直されたとしたら、隣村で、何の疑問も抱かず——他人としての家族を受け入れ、他人として生きることができるだろう。

また、この村にとどまり続けたとしても——家族としての他人を、受け入れることはできるだろう。外見は違っても、人格は同じなのだ。

外見が違っても中身が同じなら。

それは同一人物なのだ。

少なくともそれが、堂島の出した実験結果である。

ならば。

堂島が現れていなければそうだったように——たとえ堂島から真相を聞かされた後であれ、一週間もすればわたしの認識は慣れてしまい、自然と上塗りされてしまい——器が違えど人格が同じ彼らを、家族として認識することになるはずだ。

否。

他人として認識できなくなるはずだ。

人間の真価が中身であるならば。

どちらにしても——同じことなのだ。

ただ——わたしが失われるかどうかというだけの違いである。

わたしがわたしでなくなるか。

わたしがわたしであり続けるか。

それだけの違いである。

——ならば。

「いいえ、同じではありませんよ」

堂島は——つれなく、そう言った。

「他人として隣村に帰るのならば、私が少しばかり骨を折ればよいだけの話ですが——あなたがこのままこの村にとどまるというのでしたら、あなたはそのために、ちょっとした手間をかけなければならないでしょう」

それはどういう意味なのか。

いたずらっぽいその笑みで、何を企《たくら》んでいるのか。

わたしはすぐに——察することができた。

いつの間にか、既に日は暮れていたのである。

そんなに長く話していたつもりはなかったが——堂島と対峙《たいじ》しているうちに、かなりの時間が経過していたらしい。

そして村を一望できる丘の上で、わたしは。

畑仕事を終えて、わたしの家に帰ろうとする——

わたしの姿を見た。

＊　＊

＊　＊

僕はそこで、その手紙を読む手を止めた。

一旦——ではない。

まだ文章は残されていたが、とても続きを読む気にはなれず、ぐしゃりと丸めて、部屋の隅のゴミ箱へと投げ捨てた。外れてしまったが、拾いに行く気にもなれなかった。

祖父が僕に残したかったメッセージは。

懺悔の言葉は、そこから先にあっただろう。

しかしそれは読みたくもなかったし——

まして、読むまでもなかった。

究極の二択において、祖父が選んだ答は明らかだった——祖父が僕の祖父である以上、祖父は自分が自分であることを選んだのだ。

記憶の上塗りを拒否し。

たとえ家族が他人であろうとも。

己が己であることを選んだのだ。

祖父は一族の間で、変わり者扱いされていた——しかし、実際は違ったのだ。

祖父が変わり者なのではなく——祖父の家族が、変えられていただけだったのだ。

変わっていたのは周囲のほうだ。

それは僕を含めての話である——僕の父である祖父の息子も、祖父の息子と入れ替えられていたのだから——僕と祖父の間には、血の繋がりはないと言える。

言葉の上でも、言葉の下でも。

繋がりはないのだ。

そう思えば、僕の父が村を出ようと、その後建てた一軒家にいくら招こうと、祖父があの村を出たがらなかった理由もよくわかる——あの村は祖父にとって、僕などが普通に考える以上に、とても大切な場所だったのだ。

唯一無二だったのだ。

家族を捨ててまで、選び取った場所だったのだ。

そして、祖父が己であるために支払った対価とは——支払わなかった対価もまた、明らかに過ぎるほどに明らかである。

何故なら、祖父の村には——そのとき、祖父以外にも、祖父の人格を与えられた男がいたのだ。

元々は隣村にいた男。

繋がりなき他人。

祖父の記憶を上塗りされた他人。

しかし——家族や、他人からは、祖父として認識されている男。

その男が実在する限りにおいて——祖父は祖父として、村にとどまることはできなかったのだ。

同じ人格がふたつあるということは。

同じ人間がふたりいるということだ。

そして——ひとつの共同体に、同じ人間がふたりいてよいわけがない。当然、外見としては祖父のほうこそが本来の祖父なのだが、しかしこの場合、外見など何の意味もない。

人間は中身なのだから。

外見が違えど——双子みたいなものだろう。

否、双子以上のものである。

同一人物そのものだ。

だから——祖父は。

己が己であるために——もうひとりの祖父を、抹殺しなければならなかったのだ。

五十年以上も前の話だ、時効はとっくに成立している——いや、時効のことなど心配せずとも、どうせ、『後の始末』は堂島という男がつけたのだろう。しかしそれを差し引いても、僕には、そんな祖父の気持ちが分かる気がした。

追い詰められての行為ではなかったはずだ。

堂島という男からの押し付けがましい要求を、突っぱねることだってできたはずなのだ。逆に彼に詰め寄ることさえ、できたはずなのだ。

だから。

懺悔と言っても、きっと後悔はしていないはずだ。

最後の最後に黙っていられず、文字通りに往生際悪く、こんな手紙を僕に宛てて送って来たものの——しかし祖父は、恐らく言葉で言うほどに、反省しているわけではないはずだ。

言葉は、所詮、言葉だ。

下もないが——きっと、上もない。

だから僕は、手紙の残りを読む気をなくしたのだ。ここから先の言葉は、ただの偽りでしかないだろうから。

祖父の行為。

それは自己証明であり、自己肯定であり。

存在意義でもあっただろう。

それこそ、思春期の子供のような思想だが——思春期の頃の思想が、大人になったからと言って失われるわけではないだろう。

記憶以上の財産はない。

僕だって——これまでの記憶を失いたくはない。

誇りを持てるような立派な人格を持っているわけではないけれど、それでもこの人格こそが、僕自身であるはずなのだから。

変わり者ならぬ変わらず者であった祖父から強く影響を受けて形成された僕の人格は、僕にとって他の何にも替えがたい宝物だ。

血の繋がりはなくとも——祖父が祖父であるよう。

僕は僕であるべきなのだ。

それは、欲しいものではない。

必要なものなのだ。

欲しいのではなく——必要なのだ。

だから、自分自身という存在は。

きっと——人を殺してもいいと思うくらい。

自分自身を殺してもいいと思うくらい。

大事なものなのだ。

が、しかし、どうだろう。

そんな風に思っている、この僕の気持ちも、僕の人格も——ひょっとしたら、上塗りされ、仕組まれたものなのかもしれないという、そんな考えかたもある。

僕が僕であることなど、証《あかし》の立てようがない。

ただ——その可能性を、祈るしかないのだ。

僕は僕でなく、他人なのかもしれない。自分はとっくに失われ——他人の人格を、認識しているだけなのかもしれない。

そうだったとしても——何の不思議もない。

そうでないことこそが、不思議なのかもしれないが——たとえそうだったとしても。

僕はそれを、決して知りたくないだろう。

「魍魎の匣」変化抄。

原田眞人

◎はらだ・まさと
映画監督。１９４９年静岡県生まれ。
12月22日公開の映画『魍魎の匣』も原田作品。
近作は『伝染歌』『自由戀愛』など。俳優として
『ラスト サムライ』などに出演。

わたしは映画監督原田眞人《はらだまさと》の代理人を務めるものでとりあえずMと名乗っておく。御存知のように、原田は映画「魍魎《もうりょう》の匣《はこ》」を完成させたのち忽然《こつぜん》と姿を消してしまった。宣伝キャンペーンにも一切顔を出さないまま映画は初日を迎えようとしている。作品の出来に自信がないから失踪したのだ、という憶測もあるようだが、そんなことはないとわたしは信じている。むしろ宣伝キャンペーンそのものに怖れを抱いていたのではないか、という声もある。これには、わたしもなんとなく思うところはある。

確かに、原田は宣伝の一環である「京極ワールドの魅力について」という原稿を引き受けてしまったことを悩んでいた。400字で100枚、4万語も費やして自分が作った映画の原作の魅力を書くことなどできるのだろうか、と言っていたのである。なにしろ、原田が書いた「魍魎の匣」脚本が48783語である。それも半年費やして23稿まで書き進めたものだ。つまり、40000という数字は脚本の8割以上の数値なのだ。脚本を48783語に書き上げる8割ではなく、48783語にそぎ落とした半年間におよぶ膨大な思考の8割であると考えるならば、原田の恐怖感も十二分に理解できるのではないか。とはいうものの、わたしも原田の悩みを聞いたときにはそこまで考えがおよばなかった。失踪してはじめて、4万という響きのもつ圧倒的なスケール感に思い至ったのである。さらに、わたしは原田の御家族の協力を得て、原田が書斎に残していったパソコンのEメイルや脚本原稿に目を通すことができた。それらの分析を重ね、御家族の意見も参考にして、わたしなりの結論を引き出すことができたのだ。

ここで結論だけを書いてしまうのは京極ワールドと格闘し、ある意味で敗れ去った原田の無念の思いを踏みにじってしまう怖れがある。代理人でもあり原田の数少ない友人のひとりでもあったわたしにはそんな無情なことはできない。わたしにできることといえば、ここに御家族の許しを得て原田の格闘の軌跡を書き連ねていくことである。そうやって読者がわたしと同じ結論に達するようであれば、原田の無念はレガシーといった風味をまとうことができるのではないだろうか。つまり、「あなたもそう思う？　わたしも」といった受け取り方はそこから始まる対話を含めて、思いを継承していくことになるのだから。

2005年12月15日

先週は御馳走さまでした。こちらのプロジェクトは、あの翌日からまたばたばたして、当方が書き直した脚本次第でどうなるかわからない、といったことを製作サイドから通達され、取りあえずホンを直して昨日、渡したところです。17日までには3月にインするかしないか結論を出させますが、嫌なムードがたちこめています。

さて、「魍魎の匣」の準備稿ですが、取り急ぎ目を通しました。合わせて、原作も読み始め、半分ほどまでは行っています。乱歩の諸作や「虚無への供物」など、かつて読みあ

「魍魎の匣」変化抄。

さった世界が感じられます。以下は、監督する場合の意見というよりも、一映画人としての、客観的な意見として、お聞きください。

無論、脚本は第一稿ということもあり、これから多々修正されていくことを念頭に読んでみました。それでも、事件と謎に関して、散漫な印象しか受けません。確かに小説をダイジェストして謎を提示するとなると、ハコでくくって、ああいう出だしで、事件が次々に、という展開にせざるをえなかった部分もわかります。が、ハコでくくるにしても、方向性が違うな、という気がします。

一番大きな問題点は、主人公グループの3人が、事件がすべて提示される24〜25ページまで登場しないことです。主人公が登場する以前に、脇の登場人物がつぎつぎと出て来て、さわりの情報を喋りまくる。最悪です。観客の頭にはなにも入って来ません。ぼくも、何がなんだかさっぱりわからなかったくらいですから。

「魍魎の匣」には面白くなる要素があふれているのは確かです。ヒロインの陽子にスター女優を、というのも、正しいアプローチだと思います。ただし、この脚本の方向性で物語を展開するのなら、陽子はヒロインとしての魅力は発揮できないし、スター女優がやりたいと思う役柄にはならないでしょう。

陽子をヒロインにするならば、やはり、京極堂か、関口と、濃密にからめなければ成立しないでしょう。無論、木場の彼女への思いはあってもいいのです。ただし、それは、メインの感情線ではない。脇でひそかに思っている程度の方が作品にも膨らみが増すのではないですか。

欧米でも勝負できる作品に持っていく要素は、ある意味で、この陽子を如何《いか》に魅力ある「屈折した」ヒロインに立ち上げるかだと思います。脚本で、終盤にわずかに匂わされている美馬坂《みまさか》と陽子の近親相姦の要素を前面に出すならば、彼女の存在は「チャイナタウン」のフェイ・ダナウェイに近づきます。それを、落とし所として描くならば、すべての探偵ミステリーの王道に従って、彼女が依頼人の仮面をかぶり、語り部である関口、もしくは榎木津《えのきづ》に近づき、彼らが京極堂に話を持ち込む展開でなければなりません。大手術のようですが、原作を読む限り、ぼくにはそれほどむずかしいことのようには思えません。原作の魅力を生かし、なお、映画として成立させるキーが、そのポイントであるということです。

脚本を一読して思った最初の感想は（その時点で原作は半分以下しか読んでいませんでしたが）、ぼくが原作で面白いと思ったところがすべて割愛されていたことです。この作品の第一の魅力は、京極堂を通じて語られる蘊蓄《うんちく》のヴォリュームであることは周知の事実です。それがあるから、多少、使い古されたプロットやトリックでも斬新に見えます。そこを全部そぎ落としてしまうと、今の脚本のように、あっちをつっつきこっちをつっつきで結局はこの程度のことなの、といった薄い話になってしまいます。

海外へ売るためには、喋りを少なくした方がいい、という考えも一理はあります。が、この小説のバックボーンである京極堂のおしゃべりをある程度残すことで海外でも通用する映画に立ち上げる方法論もあるのです。それが、「影なき男」に代表されるクラシックな探偵ミステリーの骨格を持つということです。そしてそこに、ハメット、チャンドラーから「チャイナタウン」に至る悪女の系譜に連なるヒロインを投げ込むことによって、欧米の観客にも理解できるミステリー映画の枠組みが形成されます。その中では、京極堂の「オカルティズム」に関する知識も、「魍魎」に関する情報量も、効果的に、ある程度の長さを持って語ることができます。

ぼくが原作で面白く感ずるのは、こういった部分での、主役グループの役割分担と、ミステリーの主要な舞台である研究所へ到達するまでのドライブ（これは文字どおりのドライブであり、感情のドライブでもあります）といったプロット展開です。こちらをメインにして、なるべく早い段階で陽子と京極堂を会わせ、木場の陽子への思い他を背景にちりばめていくのが、エンターテイメントとしての正攻法であると思います。準備稿のオープニングにある雨宮《あめみや》から久保に至るハコへのオブセッションは、エンドノートとしては効果的ですが、オープニングに飾ってしまうと、乱歩の「押絵と旅する男」といった小品を連想させるだけでダイナミズムに欠けます。

小説を読みながらぼくがイメージしたオープニングとは、やはりハコにまつわる話ですが、こういうことです。

関口が語りで、「ぼくの友人たちが戦争中に出会ったハコの話」という「小ばなし」を語ります。ひとつは、榎木津の話で、彼が左目の視力を失い駆け込んだ洞くつで見た箱の中の男（久保）ですね。もうひとつは、京極堂と美馬坂の研究所というハコ。そこで、若かりし日の陽子への京極堂の秘かな思いも点描できるかもしれません。タッチは、ポール・トーマス・アンダーソンの「マグノリア」のオープニングのように、あるいは、「パルプ・フィクション」の一挿話のように、5分で完結する短編の味わいです。

プロローグが開けると、事実をベースにしたそういうアイデアをどう思う、と関口が、仲間たち（主要登場人物勢ぞろい）の会食で明らかにして、京極堂や榎木津からぼろくそに言われ（実は、鈍いなりに関口が京極堂の秘めたる恋を暴いていたので）、その食べながらのナチュラルな会話、の中からオカルティズムの蘊蓄まで広がっていく。で、事件。

どの事件から描くのが順当かは、まだ整理できていませんが。主役がかかわったハコのエピソードを点描しておけば、御筥様《おんばこ》の話も、脚本にあるラジオというハコで箱男の話をする久保の話も、ハコ絡みの話はどんどん出て来ます。そのハコをたどっていくと木場が抱えた事件にぶつかって、ということにもなるでしょう。
こういったアプローチに興味があれば、この作品を監督するしないに拘らず、脚本に関わることはできます。時間に限りがある以上、2週間もらって、ぼくが一稿書いた方が早いでしょう。そのアプローチは納得できないけれど、こちらの用意した脚本をやってくれということであれば、それはそれで、17日の結論が出たところで相談させてもらいますが。ということころで、雑感も含めた近況でした。

原田眞人拝

これが「魍魎の匣」映画化を進めるプロデューサーたちと原田との半年に及ぶ脚本セッションの幕開けメイルとなった。「こちらのプロジェクト」とあるのは2005年暮れの時点で原田が映画化を切望していた小説「こちらのプロジェクト」である。「こちらのプロジェクト」は出版と同時に大きな話題を呼び、原田は旧知のプロデューサーに映画化の相談をした。この旧知プロデューサーは原作を読んでいたために話が進み、原田は自ら映画化用のプロットと企画書を書き上げた。旧知プロデューサーはそれを出版社に持ち込み映画化権取得の交渉に入った。実質的には23社が名乗りを上げており日本映画としては珍しい競合になった。出版社は各社のオファーを原作者に読ませ、相談したのち、3社に絞ってそれぞれの代表から映画化の「思い」を聞くことになった。これはハリウッドでは「ピッチ」と呼ばれているセッションにあたる。原田が書いた企画書はこのなかに入っており、アメリカ的なピッチに熟知する原田は旧知プロデューサーともども出版社に足を運び熱弁をふるった。原田によるとこの席に原作者はおらず出版社の担当が相手だったという。結果が出るまでにさらに3週間が費やされたが、最終的に、原作者は原田に委《まか》せてみよう、という決定を下した。

喜んだ原田は脚本作業に取り組んだのだが、ここから様々なトラブルが生じた。基本的には、原作者を納得させた原田の脚色アプローチに対して味方陣営の出資関係者などから不満が出たのだ。最終的には、原田は「こちらのプロジェクト」から降ろされる事態に発展した。念のために書き添えておくと、このことは原田の失踪とは無関係である。原田自身落胆したことは確かだが、1日でギアを切り換え、様々な事情で「原田の体が空くまで待つ」態勢にあった「魍魎の匣」グループと共同での脚本デヴェロップに入ったのである。その様子は後述する2006年2月19日付けのメイルで明らかである。

それにしても、と改めて思う。「こちらのプロジェクト」が23社の競合であった事実と「魍魎の匣」が23稿まで書かれたという奇妙な数字の一致をどう考えればいいのだろうか。ちなみに原田がつねづね語っていた「好きな背番号」というのは「23」である。理由は1988年、ドジャースがワールドシリーズを最後に制覇したときに劇的な逆転サヨナラ・ホーマーを放ったカーク・ギブソンが、この23番をつけていたからというのである。原田は以来23にこだわりつづけ、確か、1990年に監督した「タフ誕生篇」で安岡力也《やすおかりきや》にドジャー・スタジアムで購入したカーク・ギブソンのTシャツを着せているはずである。またどこまで本当なのかは不明だが、原田に言わせると同作品で彼が「殺した」人数は「23人」なのだという。

さらに、原田は同作品の競輪場の撮影でレースの車券を買った。実際に作品に使われたレースだ。これが2―3で来た。原田は5万円儲けた、という話だが、このころわたしは原田の代理人を務めていたわけではないので真相はわからない。いずれにせよ、原田は「23」に固執し、その後ドジャースでギブソンの後を受け継いで23を背負ったエリック・キャロスを引退に至るまで応援し続けたのもそういうことだった。

わたしの推理では、原田が童貞を捨てたのが23歳だったのではないかと思うのだが――。だとすれば随分とオクテだったことになる。いずれにせよ、どんな状況であっても「23」が出て来たときの原田の執着心は尋常ではない。映画「魍魎の匣」の編集に携わった関係者によると、作品の総カット数が２３００、つまり英語で言うところのトゥエンティ・スリー・ハンドレッドに達するまで原田は編集をやめなかったそうである。

さて12月15日付けのメイルであるが、かなり穏やかならざることにも触れている。例えば、オープニングのアイデアだ。わたしは原田がこのようなことを考えていたことすら知らなかった。実際にわたしが読ませてもらった２００7年1月10日の第一稿では既にこのオープニングは存在しなかった。とはいえ、これはそれほど珍しいことではない。原田は毎月ある時期になるとアイデアが「降るように湧く」資質をもっている。本人はバイオリズムの創造性と大いに関係があるというのだが、わたしから見ると「男の生理」といったものであり、原田の場合はそれが映画脳といったものに転化されるようだ。
関係者にも尋ねてみたが、だれも反対意見を唱えたわけではないのに第一稿では既に決定稿と同じオープニング「戦場の孤島」が組み込まれていたそうだ。ただし、美馬坂と陽子の関係に「チャイナタウン」のジョン・ヒューストンとフェイ・ダナウェイを見出そうとするアプローチに関しては、製作サイドから「好ましくない」という感想は出たようだ。理由はレイティングの問題だった。製作サイドはR指定を回避したいという意向だった。近親相姦を前面に出すと自動的にRになる。それでなくとも血なまぐさい要素が詰まっている物語だから、わたしなどは逆にR指定まっしぐらの映画を作った方が大エンターテイメントに化けるのではないか、と思うのだがその意見は少数派なのだろう。原田自身もそこには大して固執しなかったらしい。確かに京極ワールドの魅力は血の濃さや流す血の量にあるわけではない。原田にしてみれば、「チャイナタウン」形式の近親相姦は別の作品で使えばいい、くらいの気持ちであったのかもしれない。

さて、以下は検討稿を書くにあたって原田が残したメモの一部である。数字は後々ポイントを整理するためにわたしが加えたものである。それ以外は混乱し壊れた文体も含めて原田のメモを原文のまま掲載している。

①P310の千里眼千鶴子《ちづこ》の話は美馬坂が京極堂相手に戦時中の話としても使える。それ

「魍魎の匣」変化抄。

とP336の記述が鍵。バラバラ事件と少女失踪事件の関連。

②匣の中の娘／前編P365。オープニングには面白い。このことを、久保が戦場で榎木津に話す？　そうしたら匣があった。医者が来て、榎木津の治療。そのときには榎木津には記憶が見える。医者の記憶。

③パルプ・フィクションあるいは、トーク・トゥ・ハー風に。第1章が榎木津と久保。続いて、関口と鳥口《とりぐち》と敦子とバラバラ事件。木場と絹子。京極堂と魍魎。

④そして、この「京極堂と魍魎」において、美馬坂と京極堂の過去の関係が解きあかされる。軍の研究に携わっていた。美馬坂の蘊蓄に京極堂がやりこめられていた。千里眼の話などはここで？　あるいは、オカルティズムのことも。師匠との対決に持っていく。榎木津への捜索依頼をどこへ入れるか。もっと前だとしたら？　保護しないと危ない。莫大な遺産相続をめぐって魍魎たちが徘徊している。巷では、美少女バラバラ事件が、というので絹子が依頼に来る。（第6章の榎木津と増岡のくだり）なぜか？　京極堂と榎木津の関係を知っていて？　しかし、絹子が彼と会った場合、彼女の過去が見える。京極堂との関係も、美馬坂との関係も。それを訓練で見せない？　だれにも過去を覗かせない？　撮影現場の過去は見えるがその先は闇。

①は1000ページを超える講談社文庫版の310ページのことだ。原田はもともと千里眼千鶴子の話に関心を持っていたので原作を読み終わったあともいかにしたらこの「物語の中の物語」を脚本に取り込むことができるのかぎらぎらと光る眼差で語っていた。原田がわたしに創作の内容を語るときは意見を求めているわけではない。聞き手というか、自分の声をぶつけてはねかえす共鳴板のようなものを欲しているだけなのでわたしはふむふむと頷く程度で聞いていた。原田はまるで京極堂になったかのように308ページにある台詞を声に出した。「いいかね関口君。箱と云うものはね、蓋を開けて中を確認しなければ価値がないと云うものじゃない。中に何が入っているかなど、そう重要ではないのだ。箱には箱としての存在価値があるのだよ」。原田はそれだけ言うと喉をうるおした。あのときは事務所のキッチンで会話をしていたように記憶している。原田はハーブ・ティーを調合していた。ローズマリーとミントを慎重に瓶から掴みポットに入れてわたしの分まで作ってから京極堂の言葉を続けた。その声にはどんどん艶《つや》のようなものが加わっていた。「ラスト・サムライ」に出演することになったときに通ったカラオケで鍛えた喉だ。まるで「ランブリン・ローズ」を歌うナット・キング・コールのように勢いのある艶でもあった。「オカルトの本義が謎や神秘でなく〈隠されたこと〉であったことには大きな意味があるのだ。オカルトが反基督《キリスト》や反自然科学と云う、ただそれだけのものだったなら、もっと別の名が冠されていた筈《はず》だからね。隠されているからこそ意味のあるもの――それこそがオカルトだ」。そこまで一息に言うと原田は急に口を噤《つぐ》んだ。「福来《ふくらい》事件――」とつぶやいて唸った。無理だよ、無理だ。そんなつぶやきが続いた。へとへとになるまで「無理

「魍魎の匣」変化抄。

だ」と「だめだ」を繰り返した。「ねえ、君、ぼくは福来事件も千里眼千鶴子も映画の中の映画として組み立てたいんだ。わかるかい？　3時間のエピックならばそれができる。でもぼくに許されるのはせいぜい2時間かそこらなんだ。これはとてつもなく魅力的なエピソードだ。しかし、いくつものロケーションとカメラ・セットアップを要求する贅沢なエピソードでもある。やるんなら20分使わなければだめだよ。5分のダイジェストじゃあデキの悪い『リング』映画の亜流になっちまう。そんなふうに映画が壊れていくところなんぞ、ぼくは見たくはない。壊れる映画を作る壊れた監督と壊れた評論家はうじゃうじゃいるんだ。こんな輩《やから》のレベルに自分を貶《おとし》めることなんてひどい悪じゃないか」というようなことは言わなかったかもしれないが、それに近いことを言ったようにわたしは記憶している。わたしは「いいじゃないか、そんなに気に入っているエピソードならば堂々と使いたまえよ、きみ。20分といったって君ならば脚本10ページにまとめあげることができるじゃないか。やってしまえよ」。わたしの愛情をこめた助言に対する彼の返答は……——罵声だった。ブアカカキミハ！　原田が本当に腹を立てると「バカ」はいつも「ブアカ」になった。「オカルティズムは途中下車できない乗り物なんだ！　ぼくがそこに踏み込んだら、いいかい、原作の3分の1にも満たない段階でそんなところに踏み込んだら、ぼくの好きな寺田オンバコ兵衛と京極堂の対決はどうなるんだい？　いつそこに到達できるか計算がたたなくなるじゃないか。オカルトの話は結局は、京極堂は語り手であってアクションに参加できないんだよ。兵衛を相手にしたときは現実にステップを踏み、アクションと叡智で相手を倒すんだ。喋り倒すだけならレニー・ブルースをリメークすりゃあいいだけなんだ！」。わたしは「ブアカ」にむっとしたのかこのときばかりは共鳴板の役割を忘れて言い返してしまった。「そんな風に小説のバランスでものを考えるなんて君らしくないよ。千里眼千鶴子の話は明治時代に起こったんだろう。だったら戦時中、美馬坂と京極堂が研究所にこもっているときの話題で使ってもいいじゃないか。美馬坂が京極堂相手に語るとか」。言ってしまってからしまったと思ったがもう遅かった。原田はおぞましいものでも見るようにわたしを振り返り、いや、肩ごしにねめつけるという環境を作るためにわざと一度背中を向けてから振り返りこう言ったのだ。「だから君はエージェントでぼくは監督なんだよ」

そのくせ、メモにはわたしの言ったことがそのまま書かれている。さも自分が思い付いたことのように。しかし、これも最終的にはわたし発のアイデアだということで苦々しく思ったのか第一稿には含まれていない。

②に関しては、ほぼメモの通り第一稿に書かれている。当初、原田は365ページから始まる「匣の中の娘」前編の「久保竣《しゅんこう》公の文章」をいかに多く映像化もしくは台詞化することに心を砕いていた節がある。結局は、作家になる前の久保が戦場で過去を語り、そののち同じ内容を「匣の中の娘」という小説にまとめたのであろう、と京極ファンが想像するような展開になっている。しかし、この「メモ」に登場する「医者」というのが軍医なのかなんなのかは不明。第一稿の段階からオープニングの「戦場の孤島」はかなりそぎ落とされた構成であり台詞も榎木津と久保のふたりにしか与えられていない。そこに至る

前、一時期、原田がスケール感をもったオープニングをオプションとして考えていたことも充分考えられる。その場合、捕虜になった榎木津を米軍軍医が診察するというエピソードの構想があったのかもしれない。

③の「パルプ・フィクション」というのはクェンティン・タランティーノの作品で、原田はその脚本をとても気に入っていた。映画が完成する以前に脚本を手に入れ様々な刺激を受けていたようだ。その後、完成作品を見て「そこそこに面白いが、あの脚本をおれに監督させていればあんなものじゃない」と少しだけ機嫌が悪くなったのをわたしは覚えている。無論、そういう発言は反感を買うばかりでなんの得にもならないから控えるように、とわたしは代理人として戒めておいた。原田の言い分によると、彼がもっとも気に入っていた「処理屋」のエピソードがキャスティングも含めて最悪だということである。脚本構成とダイアローグの「シャリシャリ感」については、原田は絶賛していた。いずれにせよ、原田が「パルプ」演出に関して多少なりとも批判めいたことを言ったのはそのときだけで、以降、あたかも「マイ・フェイヴァリット・リスト」の一本であるかのようなコメントを残している。わたしの助言が役に立ったのかもしれない。このメモには「魍魎の匣」の複数主役を「パルプ」型のアンサンブルに持っていきつつ「だれもがおいしい役どころ」を演じられるようにする、という原田の決意表明が匂っている。もう一本言及している「トーク・トゥ・ハー」はペドロ・アルモドヴァルの作品で、原田は同監督の前作「オール・アバウト・マイ・マザー」ともども心から褒め称えていた。殊に「トーク」でのキャ

スティングの妙は手放しの持ち上げようで、女闘牛士を演ずるロサリオ・フローレスには激しい恋心すら抱いてしまったようだ。同時に、彼女を愛するジャーナリスト役のダリオ・グランディネッティへの惚れ込み方も並み大抵のものではなく、映画を見終わった直後、わたしに電話して来て、「ねえ、きみ、見つけたよ！　ついに見つけたよ」と興奮して叫んだ声音は今も耳に残っている。「なにを見つけたんだい？」とわたしが尋ねると、もどかしげに原田は言ったものだ。「決まってるじゃないか！　ヴァリニャーノだよ！　アレッサンドロ・ヴァリニャーノだ！」。原田にはこういう風に自分の脳内で進行中の流れを唐突に他者にぶつけてしまうくせがある。わたしには原田がヴァリニャーノなる人物が登場する企画と格闘している記憶はなかったので、反応はどうしても鈍くなった。要は、原田が長年構想している企画の一本に織田信長があり、もしも原作もので織田信長を描くとしたら辻邦生《つじくにお》の「安土往還記」を欧米の資本でやりたいという発想が前提にあったのだ。これはルイス・フロイスの従者を務める異邦人傭兵の視点で綴られる大君信長とローマ法王派遣の巡察使アレッサンドロ・ヴァリニャーノの友情の物語でもある。そのヴァリニャーノにふさわしい風格と冒険者のやんちゃを、原田はアルゼンチンの俳優ダリオに見出したと言うのだ。「トーク」では使い古されたチャプター・タイトルの手法を極めてヒップに効果的に使っており、それもまた原田を狂喜させた。原田は自身の「栄光と狂気」でも顕著なようにチャプター・タイトル的な構成を好ましく思う傾向がある。「魍魎の匣」には「トーク」からの刺激がダイレクトに使われている。が、脚本の第一章は「榎木津と久保」ではなく、「榎木津と陽子」になっている。

「魍魎の匣」変化抄。

④は注釈するまでもないだろう。原田の思考回路のメモである。その半分ほどが脚本に到達し、オカルティズムに関しては深入りを避けた、と言える。こういう風に考えがまとまらぬまま第一稿執筆に入ったことは疑いもない。原田はキャラクターさえしっかりしていれば「ハコなどは書かずに登場人物と会話しながら脚本プロットを編む」脚本家である。その時点でプロデューサー側から「R指定は避けたい」というような「注文」が入れば監督としてではなく純粋に脚本家として極力注文に応ずる職人性を持っている。ただ、ひとつ言えることは、この時点で原田は榎木津の「霊的能力」に原作とは離れたもっとヴィジュアルな幻想を抱いていたようである。その部分は京極ワールドに入り込むに従って修正されていくことになる。ここでも原田は自己のイメージよりも原作にある「能力」を優先させ、そこにイマジネーションの活路を見出す方法論を選んでいる。つまり、ある種の「縛り」があったとしても、明らかに、この脚色プロセスを楽しんでいたのだ。刺激的なゴルフコースに挑むかのような。そう。原田はゴルフをやるにしても同じコースで何度もプレイするよりも風景と戦略の変化をもとめて次々と違う異風異国のコースを求める性癖を持っている。そういうタイプのプレイヤーにとって「魍魎の匣」はまたとない刺激に満ちた「ゴルフコース」だったのではないだろうか。18ホールの筈が深山幽谷で108ホールも続くコース。幽玄摩訶不思議なスケール感——。

以下は、上記メモが比較的整理された形で提示された脚本の全体図である。おそらくは上記メモの翌日、もしくは翌々日にまとめたものではないだろうか。ここでのアルファベットは原文のままである。

A
プロローグ。榎木津と久保。太平洋上の島。1945年。照明弾で目をやられる榎木津。彷徨《さまよ》う。久保との出会い。匣の中の娘の前提の話。

B
昭和27年。1952年。東京。出版社の倉庫。出て来る少女の腕。別の出版社での久保と関口。嫌味を言われた後、カストリ雑誌の建物で腕が発見されたというので大騒ぎになっていると聞く関口。あるいはこれを敦子から聞く。

C
敦子とふたり、鳥口のところへ。里村が来ていて話を聞く。(木場に語りかけていた事実をここで)あるいは里村に言われ、夜の鑑定所へ。そこで突き付けられるグロテスクな事実。その失踪人のリストを手に入れる鳥口。敦子は、別のリストを取り出す。一致する名前がある。それはなんなのか、と尋ねるふたり。
この場合、湖への捜索と箱館《はこやかた》への迷い込みがカットになる。里村の話を聞くのが湖で、そこからリストを照合したあとで箱館に迷い込むこともありうる。

「魍魎の匣」変化抄。

D

絹子が榎木津に依頼するとしたら、失踪した加菜子の捜査依頼。一緒に増岡と対決して、居所を探ってくれ。つまり、榎木津の能力を知っている。なぜ？　評判？　これを、探偵事務所ではなく、榎木津子爵の知り合いの撮影所長が仲介で撮影所に呼び寄せた。加菜子がばらばら事件の被害者になったのかもしれないし、増岡に匿《かくま》われてしまったのかもしれない。増岡が、柴田の遺産相続を企む連中の魔手から逃れさせるために雨宮を使って匿った。絹子と一緒に、柴田邸へ乗り込み、増岡の記憶から情報を引き出す。雨宮と一緒に隠れている。ここで初めて、雨宮の役割を、絹子が榎木津に話す。で、目的地に着くと、加菜子が頼子に連れ出され出かけてしまった。駅へ追い掛ける。事故が起きた。雨宮が榎木津を昏倒させる。

E

京極堂で、関口、敦子、鳥口が集まっている。御筥様の話。その周辺を取材した。そこへ、榎木津が来る。あんたと絹子はどういう関係だ。彼女の記憶の一瞬のすき間に、京極堂が現れたのだ。

Dの内容。

記憶を探るという評判を聞き付けて相談に来る。招く。

美馬坂に相談した？　特異な才能を？

だから、美馬坂研究所の光景を陽子の内部に見ても自分の記憶と誤解した。

時代劇を撮影しているスタジオへ来て、撮影所長から話を聞く。元女優の知り合いがいまして、人知れず、榎木津先生に御相談したいことがあると。この所長が子爵の友だち。あるいは子爵家の書生だった男が出世して所長に。礼二郎ぼっちゃま、と呼ぶ。部屋には美波絹子主演作のポスターが張ってある。

顧問弁護士の増岡が、彼女を榎木津に会わせようとした？　過去を探らせるために。それとも、他の依頼人からの噂。それとも、雨宮が？　研究対象として興味を持っていた。新聞の切り抜き記事がある。東京ゴルフ倶楽部へ乗り込んで増岡と会う？

プロローグ。太平洋の孤島。榎木津と久保。匣を発見。しかし、榎木津は眠りに落ちて、箱の中の少女を見たのは久保ひとり。タイトルバックはＰ２４８。次々と匣が出て来る。

7年後、相模湖での釣り師たち。箱に入った両足を発見。Ｐ３２８。


この一連のメモはここまでしかない。明らかに「プロローグ」以降は脚本のシーン・ブレークダウンを書き始めたようである。「Ｐ２４８」というのは関口が見た夢で「（前略）世界には箱しかなく、箱の中に世界がある。壺中《こちゅうてん》天、いや箱中天か。箱の前には男が

「魍魎の匣」変化抄。

立っている。男は頭にすっぽりと箱を被っている。箱男だ。箱男の足下には女の二の腕や脚が転がっている。男は血だらけである。背後の箱の中から、顔のない女が覗いている。とても厭な気分になる。」というくだりだ。わたしはこういった残酷の映像美を愉しみにしていたのだが出来上がった映画のタイトルバックは単に並べられた箱、箱、箱だけを撮ったもので、いささか落胆した。そのことを原田に尋ねると、ゆとりのある笑みを絶やさずに彼は英語で言った。You can't win'em all. 連戦連勝というわけにはいかないのさ、とでも訳せばいいだろうか。それから日本語で続けた。「撮影日をフルに一日使って美波絹子の映画中映画『女さむらい柳生秘帖』を撮るかタイトルバックの箱男対顔なし女を撮るかという選択になったらどちらを取る？　ぼくは女さむらいを選んだ。文句あるかい？」。わたしには原田がなんの話をしているのかさっぱりわからなかったが追及するのはやめた。

2006年2月19日

「魍魎の匣」検討稿（第三稿）を添付します。原作での名場面を生かすために、事件をいくつかバイパス手術で展開を早めています。それと、美馬坂と京極堂の関係式をより興味深くするために、美馬坂と久保の関係も強めています。原作に、触れられていながら追求されていない美馬坂と久保の接点を、ここでは発展させています。

これはあくまで検討稿ですが、長さ的には、ぼくが今まで書いた脚本の字数で比較すると

「突入せよ！『あさま山荘』事件」程度です。このまま映画化しても、130分強というところ。ただし、京極堂と美馬坂の直接対決に関しては、要素を並べておくにとどめています。元々の直接対決にあった「謎解き」は、大筋と関係あるものは、その前段階で紹介し、関係ないものはカットしているので、対決自体はそれほど長くはなりません。要は、崩壊スペクタクルとのバランスの中で、なにをどこまで見せるのか、という話し合いの材料でもあります。最後の対決のイントロとも言える箱館への侵入から、見せ場が始まるという考えなのでその辺は丁寧に処理してありますが。基本的に、研究所内部は、セットとロケセットを組み合わせていくのが効率よくスケール感を出せる方法論だと思っています。

いずれにせよ、重要なのは、京極堂と美馬坂の対決に至る流れを、みなさんが面白いと感じてくれるかどうかです。ぼくは、かなり愉しんで書けました。

原田眞人拝

2月の時点で「こちらのプロジェクト」は完全に原田の手を離れていた。それゆえ、原田は集中して「魍魎の匣」に取り組む事ができたようである。というよりも「こちらのプロジェクト」にまつわる理不尽を忘れるために「魍魎」の森の奥深くへ探索に出かけたようだった。完全な改稿ではないにしても、1ヵ月で第三稿まで進んでいるのはかなり早いペースだ。

それではこの第三稿はどこまで決定稿と一致するのだろうか。最後まで残らなかったシーンを中心に見てみよう。

まず導入部だが、シークェンスとしてはほぼ同じと言えるが決定的な差がある。即ち、榎木津のナレーションだ。


闇に上がる照明弾。

逃げる日本兵のシルエット。銃撃でなぎ倒される。字幕。「1945年、太平洋の孤島」。

死体の中からふらふらと立ち上がる敗残兵。武器もなく軍服もぼろ布同然だ。榎木津礼二郎（27）である。死体の陰に身を潜めていた兵士（後の久保竣公）が見る。

兵士「動くな、照明弾が上がるぞ」

呆然と歩く榎木津。その時、頭上で照明弾が炸裂する。悲鳴を上げ崩れ落ちる榎木津。駆け寄る兵士。

榎木津の声「それが、ぼくと作家久保竣公の出会いだった」


岩場。夜明け。

榎木津に肩を貸し、歩く兵士。左目に布切れを当てている榎木津。

榎木津の声「あの島では、彼は死体から盗んだ将校の軍服を着ていた。捕虜になった時の待遇が違うからというのが理由だ。だから、ぼくは彼の本名を知らない。彼はぼくのことをよく知っていた」

兵士「榎木津少尉の父親は、榎木津子爵なんだって？　こうなってしまえば、貴族も賤民もないよね」

そうやって洞くつへ入ると決定稿と同じ展開になる。メインタイトルまでの流れは同じだがその後に、

湖中。昼。

ゆっくりと釣り上げられ浮いて来る長い箱。

相模湖。昼。昭和27年。

釣り舟に引き上げられる長い箱。釣り人が開けると、中には左右の太もも。釣り舟の中は大騒ぎになる。字幕。「7年後」。

東京の通り。主観ショット。昼。

街の風俗を捕えながら進む榎木津車。

このあとは決定稿と同じ。撮影所に榎木津と寅吉《とらきち》が行くところまでは会話もほぼ決定稿の通り進んでいく。ただし撮影所長の今出川《いまでがわ》は「川島」である。原作にはない人物なので命名しなくてはならない。律儀な原田としてはいい加減な命名も憚られたのか榎木津関連で名前が出て来る「川島」を使っている。この部分は後になって原作者の助言で、撮影所長になってもおかしくない人物「今出川欣一《きんいち》」を使うことになったそうだ。そこでのハイライト、榎木津と陽子の出会いは中国ロケハンに出るまでは以下のシーンになっている。シーン柱の「同」というのはその前に確立されている「撮影所」という場面設定のことである。

同。サウンド・ステージ。昼。

扉が開いて、光が差し込む。蓮池のセットが出来ている。喋りながら入って来る川島、榎木津、寅吉。

川島　「遺産相続がらみのもめ事で柚木陽子に相談された。ま、あの子はおれの娘みたいなものだから、なんとしてでも窮状を救ってやりたい。ごたごたが片付けば、カムバックも夢じゃねんだ。その時の映画は、もう頭の中にあるのさ。『サムソンとデリラ』の『羅生門』版だ。これで世界制覇だ！」

奥にひっそりと座っている女性を顎で示す川島。

川島　「話を聞いてやってくれ」

と促す。蓮池に向かう榎木津。従おうとする寅吉の襟首をつかまえる川島。

川島　「助手、おまえは表で見張りだ」

寅吉　「そんな、殺生ですぜ！　旦那！」

川島は寅吉を表へ連れ出す。

同。蓮池の端。昼。

ひっそりと座る絹子。榎木津の気配を感じて、振り向く。焦躁を抑えた憂い。そして逆境だからこそ輝く美貌。小腰を屈めて挨拶する。

陽子　「柚木陽子でございます」

榎木津　「薔薇十字探偵社代表、榎木津礼二郎です」

見つめる榎木津。陽子の背後に、眩《まぶ》しく白光した枠。記憶が読めない。

「魍魎の匣」変化抄。

用意されたベンチに座る榎木津。

陽子　「早速ですが」

陽子が写真を置く。榎木津、写真に触ることに特別のためらいがある。

陽子　「娘の加菜子です。先週、失踪しました」

榎木津「写真をぼくの右側に置いてもらえませんか」

陽子　「は？」

榎木津「戦争で左の視力を失いまして」

陽子　「失礼いたしました」

と反対側に移動しながら写真も置き直す陽子。

榎木津「それと同時に、妙なことが始まって」

陽子　「評判は聞いておりますわ」

榎木津「写真を手にもつと、船酔いみたいな気分になります」

陽子　「では、このように」

と写真を榎木津に見えやすいように持つ。

榎木津「加菜子さんはおいくつですか?」

陽子「14歳です。17の年に産みました」

榎木津「はい、結構です。記憶に入りました」

陽子「連れ去った男はわかっています」

陽子の背景に白光がゆらぎ、30代の男(雨宮)が加菜子をいたわるように歩く姿が見える。

陽子を観察する榎木津。

陽子「だれの指示かもわかっています」

同様のイメージで、弁護士の増岡則之(40代)の顔を見る榎木津。

陽子「私と一緒に、その男と対決してください。娘の隠れ場所を探ってください。もしも、榎木津様が、川島所長のおっしゃる能力を持った方ならば、わかるんでしょう?」

挑むように、そしてすがるように榎木津を見つめる陽子。

榎木津　「最後の望みがぼくですか」

陽子　「（頷き）いろいろ、本当にいろいろ、手を尽くしたんです」

榎木津　「その割には随分と用心している。まるで記憶のすべてに鍵をかけているようだ」

陽子　「対決していただく相手は私よりも、ずっとずる賢い男です」

陽子の背後に増岡が立っている。陽子と口論している。場所は――

陽子の記憶。柴田邸の玄関先。夜。

激烈な口論。増岡から廻り込み、陽子の姿が見え、目撃している榎木津がそこに立っている。まるで、陽子の記憶に住んでいるかのように、増岡の背後に廻り込む榎木津。

榎木津　「柴田財閥の顧問弁護士増岡則之ですね、この男は」

現実の陽子に戻って。

驚き、動揺する陽子。榎木津は、陽子の背後から廻り込む。まるで、彼女の記憶と現実と同一線上で円を描くかのように。

榎木津　「連れ去ったのは父親ですか？（訝って）、いや、違うな。幼い時から加菜子さんの面倒をみている男——。そのくせ、父親ではない」

陽子　「加菜子の父親は、柴田耀弘《ようこう》の孫の弘弥《ひろや》です。連れ去った雨宮は、柴田耀弘が、私と加菜子につけた（言葉を選び）監視者です」

撮影所のゲート。昼。

高速で飛び出して行く榎木津の車。おいてけぼりにされた寅吉が騒ぐ。

同。車内。昼。

運転している榎木津。助手席に陽子。

陽子　「弘弥さんとは駆け落ちをした3日間、一緒にいただけです。親元に連れ戻されると、憑き物が落ちたように、別の方と見合い結婚なさいました。御夫婦は、翌年、ヨーロッパを旅行中に患い亡くなったそうです。それで、柴田家の係累は絶えました。加菜子以外に」

言葉が途絶え、窓外を眺める陽子。

陽子　「私は、病弱の母と乳飲み子の加菜子を抱え必死でした。娘の養育費も母の治療費も生活費もすべて出すという柴田耀弘の条件に飛びつきました。あの老人は、雨宮という青年を加菜子の監視者として送り込んで来たのです」

榎木津　「雨宮はどういう男です」

陽子　「心からの善人です。柴田耀弘は系列会社の大勢の社員の中から実直で忠義心に厚い若者を選んだのです。その意味では、人を見る目は確かでした。母も、息を引き取る最後の最後まで雨宮に感謝をしていました」

榎木津　「監視者であり父親であり夫だった？」

陽子　「いいえ。私には、加菜子の母親という接し方だけで――」

榎木津　「加菜子さんが彼の生き甲斐だったのですね」

陽子　「殊に、私が女優になってからは、雨宮が娘につきっきりでしたから」

榎木津　「雨宮は戦争には行かなかったのですか？」

陽子　「肺臓に先天的な欠陥があって徴兵検査ではねられました」

榎木津　「いずれにせよ、女優になって生活が安定すると、雨宮は邪魔だったわけですね」

陽子　「邪魔だ、なんて。家族の一員ですから。加菜子もなついていましたし」

榎木津　「女優を引退したのは、加菜子さんのため？」

陽子　「（言い淀み）それも、理由のひとつです。そうこうしているうちに柴田耀弘が倒れました。92歳でしたから、来るべきものが来たということだったんです。ところが、事業を引き継ぐはずの養子とは反目していて」

榎木津　「全財産を加菜子さんに残すと言い出した」
陽子　「はい。増岡弁護士は、養子の支持者がどんな手を使うかわからない。加菜子を安全なところに匿うと言うのです」
榎木津　「柴田耀弘が死ぬのを待つわけだ」
陽子　「ええ」
榎木津　「加菜子さんを見つけたら、どうするつもりですか？」
陽子　「相続権を放棄させたいのです」
榎木津　「もったいない」
陽子　「親子で平穏に暮らすためには、それしか道がありません」

東京の街。プロセス。昼。
走り抜ける榎木津の車。立派な柴田製糸本社ビルの前を走り抜けて——。

柴田邸。ゲート。プロセス。夕方。
ゲートが閉じられ、長いドライブウェイを丘の上の豪邸に向かって走る榎木津の車。

という具合に展開するのだが、この時点でも原田は榎木津の能力を誤解しており、それが次の稿から修正されていく。また陽子と榎木津の会話もロケーションのメリットを最大限に生かすべく「車内」から「撮影所内を走る車の中」そして「増岡の事務所のある都心のホテル」というように稿を重ねるたびに変化していく。やはり中国ロケハンの前と後とではかなりのシーンに変化が見られる。気になったのは小説のオープニングを担う加菜子と頼子のふたりの影が薄いことだ。いや、影は濃いのだが、この「榎木津と陽子」編でのふたりは顔さえさだかではない。彼女たちの登場シーンもこんな具合だ。

カメラは、手前の墓地にある窪みを映す。と、少女たちの抑えた笑い声が聞こえて来る。

頼子の声　「帰らなくていいの？」

加菜子の声　「どうせ、遺産の話さ。ぼくたち猫族にはどうでもいい」

影が動き始める。少女たちのシルエット。背負っているリュック。猫の頭巾のような帽子。

頼子の影　「加菜子のおかげで随分夜目がきくようになったわ」

加菜子の影　「猫のように、自由に生きるのが大切さ」

頼子の影　「雨宮のおじさん、心配していた」

加菜子の影　「朝になったら、帰ってやる。雨宮は、それくらいのことでとても喜ぶんだ」

ふたりは手に手をとって、月光を避けるように走り去る。

料亭の離れ。中。夜。

加菜子の生活空間を見回している陽子。雨宮が加菜子の机周辺を探している。

雨宮　「モーツァルトの教則本がありません」

陽子　「頼子ちゃんと加菜子は、ピアノを一緒にやっていたわね」

雨宮　「ええ。放課後も音楽室に遅くまで残って――。ここへ来てからはソナタを弾けないことを残念がっていました。でも、まさか、こんな夜中に」

榎木津　「ふたりが通っていた中学は？」

陽子　「武蔵小杉ですわ」

榎木津　「(雨宮に) 案内してください」

陽子　「私が――」

榎木津　「あなたはここで待機して。本人が戻って来るかもしれない」

慌ただしく出て行くふたり。不安げな表情で見送る陽子。次のシーンからズリ上がるソナタ。

武蔵小杉の中学校。夜。

月明かりに浮かび上がる校舎。流れるソナタ。

同。音楽室。夜。

月光を浴びて「4手のためのピアノ・ソナタK497」を弾く加菜子と頼子のシルエット。

暗転して字幕、「その15時間前」。


これにはわたしは心底驚いた。あまりにも少女たちに対して冷たい。あの膨大な原作ゆえに落とさなければならない部分がかなり出て来るのは覚悟していたが第三稿に於ける加菜子と頼子が一緒に登場する場面はほとんどこれだけなのだ。こののち加菜子は列車にはねられもの言わぬ存在になってしまう。箱館での前半のハイライトである寝台の加菜子失踪トリックなどきれいさっぱり捨ててしまっている。影も形もない。わたしはフンベルト・フンベルトではないがロリータは嫌いではない。殊に昭和20年代の少女には美しい思い出の数々がある。「魍魎の匣」がわたしにとって好ましい読み物であったのはなんといっても楠本頼子と柚木加菜子の会話から物語を立ち上げているからだ。


わたしは新丸ビルの皇居を見下ろす福臨門でディムサム・ランチを賞味している原田にそのことをぶつけてみた。福臨門の大根餅を食べているときの原田は世界のすべてを受け入れる福々しさを持っている。

「君は少女たちに冷たいね」

「うん。佐藤仁美も佐藤康恵も岡元夕紀子も矢沢心もとっくに少女じゃなくなってしまったからね」

「君は『バウンス』のあの子たちが成長してしまったから少女に興味を失ったというのかい？　だから『魍魎』でも加菜子と頼子を大幅にカットしてしまうのかい？」

「リハーサルに3ヵ月費やせると思うかい？　仁美も康恵も3ヵ月のリハーサルを経ておれが役になにを欲しているのかわかってくれた。今回は、堤真一、阿部寛以下主役グループのスケジュール調整だけで手一杯の状態にある。ひょっとしたらスターを一堂に会する調整がつかない場合だってありうる。役作りに手間ひまかかる少女たちは諦めた方がいいんだ」

「『バウンス』のオーディションからもう10年も経っているじゃないか。君は今の少女タレント・マーケットがどんなことになっているのかまったく知らないだろう？」

「どんなことになっているんだい？」

「こんなことになっているのさ」

わたしはブリーフケースで持ち込んだ美少女タレントおよび演技派少女の資料をコース仕上げの上海焼そばの脇に積み上げた。原田は蔑《さげす》みの目でわたしを眺めていたがわたしは構わなかった。こうなったら前進か死か、だ。

「少女たちはあらゆる意味で進化している。君がオーディションで矢沢心を見つけた時代とは隔世の感があるんだ」

わたしの熱弁が効果的だったのかどうかはわからない。しかし、原田は稿を重ねるにつれ、少女たちの出番を徐々に増やしていった。とはいえ、加菜子失踪のトリックだけは戻って来ることはなかった。これに関しては首尾一貫してこう言っていた。

「あそこで引っ掛かったら映画は壊れる。あれは原作者が映画を壊すために仕組んだブービー・トラップのようなものさ」

「壊す、というのは穏当じゃないね。第一、壊すような気持ちが働くんだったら最初から映画化など断ればいいだけじゃないか」

「ばかだね、君は。京極さんは映画が好きなんだよ。だからといって自分の作りたい映画あるいは見たい映画を素直に他人に受け渡すほどのお人好しではない。『魍魎の匣』には名画が隠れている。それを一塗り二塗り重ねて、多分23回くらい塗り直して見えなくしている。ヴォリューム感あふれる小説としてはよく見える。リニアーな映画としての線はかき消されてしまっている。しかし、手がかりは随所にある。そこを探り当てつなぎあわせていくのがぼくのプロフェッションだ」

「そうかなあ。それは考え過ぎだと思うけど」

「だから君は代理人でぼくが監督なんだ」

「それは充分納得していることだから——」

「加菜子は入口に設置された挨拶代わりのトラップさ。ここで時間をかけていたら映画は完成しない。爆死する」


稀譚舍。前。朝。

サイレンの音が聞こえ、通行人が赤井書房の方向へ走って行く。その流れにひとり逆らうように歩くソフト帽に白い手袋の紳士。その背中。

同。1階。朝。

倉庫になっている1階の階段を登っていく白い手袋の紳士。顔は見えない。

同。2階廊下。朝。

サイレンの音がより大きく聞こえる廊下に稀譚月報の編集部から出て来る中禅寺敦子。21歳。同僚とともに廊下の窓から街路を見下ろす。その脇を通過する白い手袋の紳士。そのオーデコロンの匂いに眉を顰《ひそ》める敦子。挨拶する同僚。ソフトのふちに手をかけ、軽く挨拶する紳士。

敦子の同僚「（小声で）さすが幻想文学のホープね。コローンの香りもミステリアスだわ」

敦子「牛鍋にチーズを入れたような匂いよ。ねえ、見て。すごい数の野次馬。何があったのかしら？」

同。近代文藝編集部。朝。

斜光が差し込む応接セットで対話する関口と編集長の山嵜《やまさき》。書籍の寺内。

関口　「（渋面で）単行本の出版ねえ」
寺内　「むずかしく考えないでくださいよ、先生」
山嵜　「幸いにも処女作の『嗤フ教師』から最新作の『目眩』まで8本すべて近代文藝で掲載させてもらっています。先生がイエスと言えばすぐにでも」
関口　「私の本など売れんでしょう」
寺内　「とんでもございません。『目眩』は話題になりますよ」
山嵜　「殊にラスト。黒衣に手甲の殺し屋がヒロインを殺すくだり、あれはシュールですな」
関口　「ああでもしないと話が終わりませんから」
寺内　「それにしても黒衣に手甲が秀逸です」
関口　「ぼくの知人で酔狂なやつがいましてね――」

突然、山嵜と寺内が立ち上がる。

山嵜　　「久保先生！」

戸口に立っている白い手袋の紳士。久保竣公である。プロローグの「兵士」だ。すごみのある美貌が加わった。

山嵜「お約束は午後ではなかったですか？」
久保「（ソフトを取って）朝の銀座で試写を見せてもらってね。『第三の男』」
山嵜「やはり評判どおりの？」
久保「ハリー・ライムにはぞくぞくしました」
寺内「先生、今度は映画の脚本もお書きになるとか」
久保「耳が早いなあ。実はこの後、打ち合わせで撮影所へ行かなきゃいかんのです」
山嵜「この度は突然の執筆依頼をお聞き入れいただきまして、まことに」
久保「若輩ですから便利に使ってください。こちらは？」
山嵜「ああ、御紹介させていただきます」
関口「（立ち上がって）関口巽です」
久保「前から一度御会いしたかったんだなあ。いいですか？（と返事を待たずに座る）久保竣公です」
関口「（気圧され）はあ、初めまして」
久保「因みにぼくの作品は？」
関口「申し訳ない——その」
久保「まだ駆け出しですから、当然でしょう。ぼくは、関口さんの作品はすべて読ませてもらっています。たぶんね」

外の騒ぎに気付く山嵜、寺内。編集者が報告に来る。その一方で久保は話し込む。仕方なく相手をする関口。

久保「(サディスティックな笑顔)あの壊れた文体は技巧ですか?」

関口「は?」

久保「いくらでも美文が書けそうな技量を見せておいて後半ガタガタ崩れていく。貴方の作品はみんなそうだ」

関口「それが技巧か、単にバカか、ということですか?」

久保「いやいやいや。勿論、技巧に決まっています。あなたの書いている幻想小説を幻想小説たらしめているポイントは、あの壊れた文体だけなんですから」

関口「ぼくは、幻想小説ではなく、不条理小説を書いているつもりですが」

久保「いやあ、それがね、先生の技巧をそっくりまねしたやつがカストリ雑誌に駄文を書き散らしているんですな」

関口「(生唾ごくり)その雑誌というのは——」

久保「月刊實錄《じつろく》犯罪《はんざい》ですよ。そこの角曲がった——あ、そういえば、すごい騒ぎになっていたなあ」

関口「なにか?」

久保　「例のバラバラ事件ですよ。女の子の腕が、實錄犯罪の編集部に転がってい
たそうです」
関口　「(仰天)　まさか」
久保　「あの雑誌はバラバラを食い物にしていますからなあ、犯人が懲らしめたん
でしょう」

同。表。朝。
駆け出て来る関口。

神田の出版社の通り。朝。
あたふたと駆けて来る関口。赤井書房のある裏通りは野次馬や警察車両でごった返してい
る。敦子がいる。別の路地を目指す関口。

敦子　「(追い掛けて)　関口先生!」
関口　「敦ちゃん、また今度な」
敦子　「赤井書房には入れませんよ」
関口　「どうしてぼくがあそこへ行くと思うの?」
敦子　「ペンネーム使って小遣い稼ぎしているじゃないですか」
関口　「君、そのことだれかに言った?」

敦子「別に。兄はとっくに知ってますけど」

関口「京極堂が？　どうして？」

敦子「だって、関口先生の文章、なに書いても同じだもん」

一軒の店に入っていく。

店屋。中。朝。

店を抜け、勝手口へ向かう関口。従う敦子。

敦子「なるほど。勝手知ったる我が家同然ですね」

関口「こういう猟奇事件はおたくの雑誌には関係ないでしょう」

敦子「今度の事件は言論の自由への挑戦です。ジャーナリストとして見過ごすことはできません」

同。勝手口。朝。

来る関口と敦子。窓ごしに赤井書房編集部。青木刑事（26歳）に事情を聴取されている妹尾《せのお》。鳥口への聴取は終わったらしく、所在なげに鑑識の作業を眺めている。関口に気付く。鳥口が関口と敦子に近づく。

鳥口　「すごいもの見ちゃいましたよ、先生」
関口　「手？　足？　頭？　それとも——」
鳥口　「手ですよ。それも、右手ばっかり4本」
関口　「みんな美少女か？」
敦子　「何ばかなこと言ってるんです」
関口　「ち、違うんだよ、鳥口君の言い分がね——」
鳥口　「先生、こちらのお嬢さまは？」
関口　「知人の妹で——」
敦子　「中禅寺敦子です。稀譚月報の記者をやっています」
鳥口　「だったら話すことはないね」
関口　「（すねてぶつぶつ）どうしてみんなぼくの話を最後まで聞いてくれないんだ」
敦子　「（関口と重なって）私、實錄犯罪は読ませていただいてますのよ」
鳥口　「真面目に？」
敦子　「光クラブの軌跡を辿った記事、粉飾決算や株価の吊り上げ工作まで押さえて見事な調査ですわ」
鳥口　「うひゃあぁ。実を言うと、あれは、ぼくが原稿を」
敦子　「お書きになったの!?」
鳥口　「袋から出したんです」

「魍魎の匣」変化抄。

こける敦子。すねている関口。青木刑事が出て来る。

青木　「ああ、関口さん、どうもお久しぶりです」

関口　「やあ、青木君。君がいるってことは、木場君もいるの？」

青木　「そろそろ出て来るかもしれませんね。きょうが謹慎明けなんですよ」

関口　「なんかやらかしたの、あいつ？」

青木　「いやま。それより、こちらとは？」

関口　「仕事仲間で」

青木　「連れ出されても結構ですよ」

関口　「いやあ、ぼくは別に」

鳥口　「連れ出してくださいよ。こうなったら行動あるのみです」

ダットサン・スポーツ。車内。昼。

ハンドルがぶるぶる。乗っている人間はがたがた。鳥口が運転し、関口が助手席。その隣に敦子。

関口　「こんなもの、よく陸運局が許可したものだね。ぼくだったら造ったやつごと廃車処分にしてやる」

敦子　「どこまで行くんですか？」
鳥口　「どこまでついて来るんです？」
敦子　「實錄犯罪と稀譚月報は守備範囲が違います。もしバラバラ事件に繫がる手がかりを当たるなら、私は言論封殺への危機感から共同取材を提案しているんです。手の内、明かしてくださいよ」
鳥口　「こっちの手の内ばかり覗き込まれてもねえ」
関口　「いいじゃないか、鳥口君。君はバラバラの下半身を担当し、敦ちゃんは上半身を担当すると思えば」
鳥口　「厳密に言うと下半身担当は関口先生になるんですよ」
関口　「ぼくはまだ承知したわけじゃない」
鳥口　「今回は編集長もかりかり来てますからねえ、原稿料もいつもの倍は出ますよ」
関口　「それは当然だな。犯人にはコケにされたわけだし」
敦子　「でも、右手ばかり4本、きちっとVの字に折り畳んで引き出しに詰めるってどういう神経なのかしら。切断面はどれも新しかったの？」
鳥口　「新品は1本。2本は新中古。もう1本がクラシック。というか、変色していて、なんだかすき間を潰すために無理矢理押し込んだ感じ。ぐにゅぐにゅによれていて」
敦子　「新品は？　切断面から神経なんかもひらひら？」

「魍魎の匣」変化抄。

両サイドのふたりからえぐい話を聞かされ気分悪くなる関口。おまけに急ブレーキ。ダットサンの鼻面をかすめ砂ぼこりを巻き上げ走り去る車。

敦子「あら、榎木津さんの車よ」

関口「ちょ、ちょっと失礼」

敦子を乗り越え、助手席のドアを開ける。

新開地の交差点。昼。

車から降りて深呼吸をする関口。

敦子「先生、車酔いですか？」

関口「ん？　バラバラってのは、普通の神経じゃできないねえ」

敦子「兄貴の意見は違うんですよ」

関口「ほう？　京極堂がこの事件に興味を持っているの？」

鳥口「京極堂って、陰陽師の先生の？」

関口「偏屈な神主だ。（敦子に）で？　なんだって？」

敦子「正常だそうです」

関口　「何が？」
敦子　「バラバラにしている時が、正常な神経を取り戻すんであって、それ以外は異常な精神状態だろう、と」
関口　「ありえない。人間の屍体を切り刻むというのは人を殺すことよりも残酷な行為だよ。誤って人を殺《あや》めることはあるけれど、誤って人をバラバラにするか？」

鳥口と敦子はとっくに関口の話に興味を失って、別方向を見ている。

関口　「どうして、君たちはぼくの話を最後まで聞こうとしないんだ。失礼じゃないか！」

二人が見ているのは大問屋だ。「もうりょう、たいさん」の祈りが聞こえる。白装束の山伏風の男女10人が、家に向かって祈禱をしている。全員が笈《おい》（箱）を背負っている。その足元に焦躁した主人夫婦。

山伏1　「鬼門に不浄の場所がある！」
山伏2　「魍魎が湧いているぞ！」
問屋　「お願いします！　お金ならいくらでも――」

「魍魎の匣」変化抄。

山伏2　「愚かもの！　邪《よこしま》なこころを捨てよ！」
山伏1　「魍魎は金の気配を好む！」
山伏2　「穢《けが》れた財産を投げ出すのじゃ！」
問屋　「必ず、必ず！」
問屋の妻　「教主様はいつお越しくださるのですか！」
山伏1　「教主様のお封じを願わば穢れた財産を寄進せよ！」

山伏たちは妙な呪文を唱和し、祈禱を始める。

別のアングル。関口、鳥口、敦子。
三人は祈禱を見ている。

敦子　「あれが穢れ封じ御筥様ですね。穢れた富は教主が預かり、神聖な御筥に入れて浄めるというわけ」
関口　「いいじゃないか。それで幸せが買えるんなら」

興味を失って車に乗り込む。

敦子　「よくないですよお！　信者たちはどんどん不幸になって自殺者も出ている

関口　んですから」
「まるで幸福の度合いを測る幸福温度計があるような口ぶりだね。信心の世界は興味ないな。鳥口君、行こうよ」
鳥口　「（運転席に座って）実を言うと、穢れ封じ御筥様の本部なんですよ、ぼくが乗り込もうとしているのは」
関口／敦子　「えーー！」

教団本部に近い森の中。夕方。
昼なお暗き森。ダットサンが用心深くやって来て停止する。その前方に、寺のような人家の屋根。
鳥口（声）　「あれが、教団本部の建物です」

同。車内。夕方。
書類鞄から綴じられた紙を取り出す鳥口。
鳥口　「これは失踪少女の一覧。３日前に手に入れたばかりです」
敦子　「鳥口さん、警察に強いんですね」
関口　「金だよ」

「魍魎の匣」変化抄。

鳥口　「人間的な魅力だと思います」
敦子　「（リストを見て）随分多い」
鳥口　「でしょう？　今年に入ってから関東で発生した未解決のものだけで73件もあるんです」

鳥口は同じ鞄から名簿を取り出す。さむけを感じて見回す関口。

鳥口　「こちらが先月手に入れた御筥様の信者リストです」
敦子　「どうやって手に入れたの？」
鳥口　「信者からの密告です。ま、ひとりひとり当たって、いかにこの教団があくどいことをやっているか、記事にしてくれと言うんですが」
敦子　「（見比べ）あら、同じ名前がある」
鳥口　「そうなんですよ。両者に重複しているのは10人です。しかも、警察が第一と第二のバラバラ事件の最有力候補だと考えている失踪少女は、信者名簿にあります！」
関口　「すごいじゃないか。君は、警察がまだ発見していない重大な手がかりを発見したんだね」
鳥口　「こいつを元に、先生に書いてもらおうというのが編集長の狙いだったんです」

敦子「さっき乗り込むと言いましたね？　潜入取材？」
鳥口「そうなんです。ただし、ぼくは何人かの信者には面が割れているんです」
敦子「私、体を張る！」
関口「敦っちゃん！　そういう軽はずみなことはいけないよ！　君に万が一のことがあったら、ぼくは、京極堂に呪い殺される」
敦子「だったら先生も一緒にどうですか？」
関口「え？」
鳥口「先生、ぴったりですよ。不幸な顔しているし」
関口「これはぼくの正規の顔だ」
敦子「（ニュアンスで）性器の顔ですかあ？」
鳥口「（ニュアンスで）いや、世紀の顔じゃないですか」
関口「聞け！」

教団本部。表。夕方。
唸りのような祈禱の声が聞こえる。靄が立ち込め、不気味。路地に廻り込み、おずおずと出て来る関口。すたすたと本部の建物に向かう敦子。

とまあ、こういう風に採録を始めるときりがないのでこの辺でやめておこう。このくだりがごっそり決定稿では抜け落ちてしまったわけではない。例えば車中の会話が中国ロケ

「魍魎の匣」変化抄。

のメリットを生かした田園風景に置き換えられたりといった具合で、より現実的なロケーション優先の選択に切り換えられている。大きな変化があるのは、この「関口と鳥口と敦子」のエピソードが終わり、次のシチュエーションへ進む段階だ。ちなみにこの「関口と鳥口と敦子」というチャプター・タイトルも決定稿では「関口と敦子と鳥口」に変化している。登場順よりは役の格を優先させたということだろう。

暗転して、字幕。「ちょうどそのころ……」。

監察医の仕事場。夕暮れ。

ガラスごしにむっつりした木場修太郎が覗く。さらに相棒の青木刑事。字幕。「木場刑事と青木刑事」。監察医の里村紘市《こういち》が並べられた腕や足を入念に調べている。後方には運び込まれた屍体。字幕。「と里村監察医」と出る。木場、入って来る。

里村　「木場ちゃん木場ちゃん、わははは謹慎解けたの？　笑わせるよね。神奈川県警の刑事と殴り合いの大げんかだって？　なんで？　顔も悪いけど顔色も悪いねえ。お腹開いてあげようか、あっちのベッドに寝てくれるぅ？」

木場　「うるせえ、切り裂きジャック。へらへら動く口も目も鼻もいっしょくたに縫いつけちまあぞ、てめえ」

里村　「ダメダメ。縫ったってすぐ切っちゃうの、切り裂きぼくは」

木場　「てめえの気がふれているなあ、先刻御存知だ。要点絞って報告してみろ、里村」
里村　「そうじゃないよう、ぼくは怒っているんだよう」
木場　「怒るのはてめえの仕事じゃねーぞ」
微笑んでふたりのやりとりを見ている青木刑事。
里村　「警察はぼくの見解をまともに聞いてくれないんだ。ぼくは日本で一番腕のいい監察医なのに。ねえ、青木君」
青木　「ええ、もう」
里村　「生きているうちに切断された腕もあるんだぜ」
木場　「(並べられた腕を見て) 面白《おもしれ》えこと言うじゃねえか」
里村　「(一本の腕を指して) こいつは生活反応がある。酵素活性にも差異があった。これで死後切断だったらぼくは切腹してもいい。こっちの腕とあっちの脚が同一人物なんだけど、脚は確実に死んでから切っているね」
木場　「それは、何を意味している?」
里村　「(可愛く) エリザベス、変態じゃないからわかんない」
冷たい目で見つめる木場。白けた空気。

青木　「エリザベス・テイラー、素晴らしいですよね。『花嫁の父』なんか最高だったな」

里村　「（すねて）『陽のあたる場所』がもうすぐ公開」

青木　「木場さんは美波絹子一筋ですから」

里村　「あ、『女同心三十六人斬り』ね」

木場　「（ぶっすり）今年の春には『天井《てんじょう》 桟敷《さじき》の人々』を2回見たよ。おれは国粋主義者じゃねえ。『硫黄島の砂』でジョン・ウェインが戦死した時にゃ、泣いたぜ」

青木　「美波絹子が引退したときは、1週間ほうけてました」

木場　「殺すぞ、青木」

里村　「殺して、死んだかどうか確認しないうちに超特急で腕を切っているような感じですなあ、この犯人は。だから、ぼくが思うには、殺して切ったんじゃなく、切るために殺したんじゃないかと」

木場　「なんでだよ！」

里村　「何かの材料にするとか」

木場　「食ったのか？」

里村　「食べるならももは捨てないよね」

青木　「人体実験ですか？」

里村　「そうねえ。出て来ない胴、首は何かに使っている可能性は大だねえ」
木場　「（考え）戦時中、人体実験していた医者か」
里村　「医者ならもっと巧く切る。腕を切った時は生きていて脚の時は死んでいた。大分手間取っているのね。ただし、犯人は勉強熱心よお。古いものよりは、新しいものの方が格段に上達している」
木場　「人体実験だよ、人体実験。天才が新米に指導しているのかもしれねえ。だれかいねえか、おい」
里村　「戦争中、軍が外科医や科学者を集めて実験していた施設があったね、そう言えば」
木場　「どんな顔ぶれだ？」
里村　「何人かに当たればわかるけど」
木場　「すぐ当たれ」
里村　「あんたねえ、軍国主義は滅んだんだよ。民主主義の世の中なんだよ。命令するな」
木場　「里村」
里村　「なに、目を三角にして」
木場　「おれはおまえの意見を唯一まともに取り上げている警察官だぞ」
里村　「でした、ね」

電話に飛びつく里村。

ゴーっと鉄橋を越えて行く電車。夜。

電車。車内。夜。

窓外を眺める木場。里村のリストと紳士録と照合している青木。「次の停車駅は武蔵小杉です」という案内が聞こえる。

青木　「里村さんのリストで生き残っているのはふたりだな。どっちから先に当たります？」

木場　「（ぽつり）ヘルシンキ・オリンピックもいつの間にか終わっちまったなあ……」

青木　「（作業に夢中）ですよね」

木場　「日本は、メダル、いくつ取った？」

青木　「さあ」

木場　「なんか、余裕ねえよなあ、おれの生活。（ため息）人気の絶頂で引退ってのも、なんかなあ」

青木　「木場さんが？　人気の絶頂？　引退？」

むっとなって青木を見た途端、電車が急ブレーキ。

気付く。

武蔵小杉駅。構内。夜。

大騒ぎになっている。降りて来る木場と青木。「女の子が落ちたぞ！」という声。激しく嗚咽《おえつ》する猫の頭巾を被った少女。その片手に握りしめたもうひとつの猫頭巾、頼子。木場、気付く。

木場　「友だちか、落ちたのは!?」

頼子　「男の人が！　加菜子を――」

木場　「突き落としたのか？」

頼子　「（震えて）」

木場　「落ちたのは加菜子ちゃんか？」

同。線路。夜。

線路へ飛び下りる青木。車輪の下を覗き込む駅員のところへ。

青木　「車輪に巻かれたか？」

駅員　「いやあ、どうなんでしょう」

おずおずと線路を調べる。散らばっているモーツァルトの教則本のページ。と、懐中電灯の光が手を捕らえる。数メートル先の側溝から弱々しい動きの手が覗いている。駆け付ける青木。覗き込む。と、

青木のPOV。側溝。夜。

ぴったりとはまった猫族の少女（加菜子）。顔は上を見ているのに、片腕と片足はねじれ、弱々しい痙攣《けいれん》を続けている。ごほっと血を吐く。

病院。ロビー。夜。

夜間通用口を開け、警備員を押し退けるように入って来る陽子。

同。廊下。夜。

増岡弁護士が青木刑事と所轄刑事に話している。その向こう、ベンチに座っている頼子。傍らに木場。そして巡査。

増岡「これは殺人未遂だよ。（頼子を見て）あの少女が手引きした可能性も強い」

青木「増岡先生、事情を詳しくお話いただけないでしょうか」

増岡「柴田耀弘会長の同意を取り次第話す。今は柚木加菜子の身辺警護を頼む。狙われていることには変わりはないんだ」

一方、ベンチでは――。

木場　「時間かかるぞ、手術」
頼子　「加菜子の側にいたいんです」
木場　「もうすぐ、おかあさんが迎えに来るだろう。そうしたら、きょうは帰っていいから」
頼子　「来ませんよ。連絡だって取れていないんでしょう？　母は、教主のことしか頭にないんです」
木場　「きょうしゅ？　なんだそれ？」
頼子　「拝む人」
木場　「新興宗教か？」

その傍らをバタバタと走り過ぎていく陽子。増岡の方へ。

頼子　　　「おばさま――」

陽子に気付き、駆け寄る増岡。木場は、陽子の後ろ姿を見て立ち上がる。

増岡　「まだ手術中だ」
陽子　「助かるんですか？」
増岡　「助からなかったら手術はしないだろ。あちこち骨折しているが頭はやられちゃいない」
青木　「(近寄って来て) 加菜子さんのおかあさんですか？」
陽子　「どうも御苦労さまです。夜分遅くに御迷惑をおかけします。加菜子の母の柚木陽子と申します。大変なことになってしまって、責任を感じております」
増岡　「あんたが責任を感ずることはない。これは事故なんかじゃないんだから」
青木　「そちらは調査中ですから。(陽子に) 病院の方ではできるだけのことはしています。転院先も、今当たっていますから」
陽子　「転院？」
青木　「応急処置だけなんだそうです、ここの設備では」
増岡　「朝になったらもっと大きな病院に移す」
陽子　「(極めて冷静に) 医学には多少の知識があります。正確に教えてください。損傷の程度は、どれくらいですか？」

この会話の間に、まさか、と思いながら近づいて来る木場。青木は看護婦を捕まえ、陽子の疑問に答えさせる。

看護婦　「患者が到着した時に看《み》ただけなのではっきりとは申せませんが、大腿骨と上腕骨の骨折以外、脊椎、骨盤の複雑骨折、鎖骨とろっ骨も折れていたようで」
陽子　「肺が損傷していることもありえますね」
看護婦　「あ、はい。腹部も、内出血が酷くて」
陽子　「内臓破裂ですか？」
看護婦　「どの臓器かは、開けてみないと」

呼ばれて慌ただしく去っていく看護婦。陽子は、緊迫した表情で情報を分析している。

増岡　「雨宮は？　どこだ？　あいつには言っておきたいことがある」
陽子　「連絡はとれないので、メモだけ、置いて来ました」
増岡　「そもそも、なんで君が雨宮のところにいたんだ？」

ぼうっと立っている木場と頼子に気付く増岡。

増岡　「この不良娘を連れ出してくれたまえ！　目障りだ！」
木場　「騒ぐな弁護士！」

青木が割って入る。陽子が振り向く。木場の時間が止まる。

木場　「み、み、美波絹子——さま」

陽子　「その名前はもう使っておりません」

木場、衝撃と困惑で意識を失う。暗転。頬をぱしぱし叩く音。

同。時間経過。夜明け。

木場、意識を取り戻す。そばに青木。

木場　「すげえ、夢を見ちゃったよ」

青木　「(ため息) 美波絹子と話したんでしょ?」

木場　「どうして知ってんだ——あ、現実?」

青木　「(頭をぼりぼり) 今、あっちで転院の手配をしていますよ」

木場　「どこへ移すんだ?」

青木、リストを渡す。

木場「(受け取って) こりゃあ、里村がくれたリストじゃねえか」
青木「まさにそのリストの筆頭の施設へ、移すそうです」
愕然の木場。改めてリストを見る。5人の名前が書かれている。3人には「死亡確認」の注釈。一番下の「美馬坂幸四郎」のところに赤線。二重丸。
木場「この美馬坂か?」
青木、頷く。その時、廊下の向こうからやって来る雨宮と榎木津。雨宮は、増岡のいる奥へ駆け出す。「もうしわけございません!」と謝りながら。榎木津は、木場を見て立ち止まる。
榎木津「なんだよ」
木場「そっちこそ、なんだよ」
見つめ合うふたり。ディゾルブして——。

同。救急出口。夜。
増岡と雨宮に付き添われ、救急車に運ばれる意識不明の加菜子。後方のパトカーには所轄の刑事たちが乗り込む。書類にサインしている陽子。近づく木場と青木。

陽子　「お世話になりました」

木場　「美馬坂教授の名声は聞いてますが、一体、柚木さんとはどういう御関係ですか？　差し支えなかったら」

陽子　「懇意にさせていただいております」

その様子を見ている榎木津。陽子の背後に、美馬坂の研究室と思しきイメージがゆらりと動く。おや？　となる榎木津の表情。陽子が近づいて来る。

陽子　「こういうことになってしまいましたので、榎木津先生とはここで失礼させていただきます」

榎木津　「お役に立てなかったですね」

陽子　「いえ……。加菜子は、死なせはしません」

きっぱりと言い切って救急車に乗り込んでいく。増岡は運転手付きの車へ。追い掛けようとする木場。その時、廊下の奥から女の罵声が聞こえて来る。

同。廊下。夜。

駆け付ける木場と青木。中年女性（楠本君枝）が頼子を追い掛け廻している。巡査が止めに入っている。

君枝　「頼子！　あんた、なにやったの！」

木場の陰に逃げ込む頼子。追い掛けて来る君枝。肩を摑む木場。

君枝　「なによ！　離して！」

木場　「（壁に君枝を押し付け）刑事だよ。今頃、のこのこやって来て、いきなり殴るってぇのはどういう了見だ、え！」

君枝　「親が子をどうしようと勝手でしょ！」

木場　「夜中にふらふら出歩いて連絡もとれねぇ奴が偉そうに言うなよ、こら」

落ち着く君枝。青木は頼子を落ち着かせている。

木場　「この子は大事な友だちが目の前で大怪我して大層動揺しているんだ。そのくらいのことがわからねえのか。名前は？」

君枝　「楠本君枝」

木場　「娘さんはたったひとりの目撃者なんだよ。日を改めて警察が事情を訊きに

「行くからひとりにするんじゃねーぞ」

田舎の道。夜明け。

走る救急車、パトカー、増岡車。

深い森。夜明け。

抜けて行く救急車のキャラバン。

榎木津の車。車内。夜明け。

深い森を慎重に抜けて行く。遥か前方にパトカーのサイレンが見え、尾行する榎木津。車輪が、溝にはまってしまう。

深い森。夜明け。

歩きで小高い丘を越える榎木津。その先、朝靄の中から不気味に浮かび上がる箱館。救急車の赤灯が建物の中に消えて行く。箱館と対峙するかのように見つめる榎木津。と、

雷鳴。すさまじい稲光。

箱館。表。1945年。夜。（陽子の回想）

横殴りの風雨。箱館に到着するのは死傷者を乗せた軍用トラック。白い上着の研究者たちが必要な「肉体」を選り分けている。動き回る兵士たち。フラッシュされる病院内の陽子の姿から、それが、榎木津が垣間見た陽子の記憶であることがわかる。榎木津は、その光景を、リアルタイムで体験している。兵士が走る。見ると、その先に、7年前の陽子。血だらけの娘を背負っている。片腕がもげそうな6歳の加菜子。威嚇する兵士。必死な陽子。声は榎木津のところまで届かない。近づく榎木津。必死に、訴えている陽子。箱館を指差す。榎木津振り向くと――。

箱館のアングル。夜明け。
朝の光を浴び、徐々に威容を見せる黒い箱館。見つめる榎木津。

暗転。字幕。「その2日後」。

この流れが京極堂の登場を招き、決定稿の67ページで関口と鳥口が武蔵晴明社の石段を登って行くことになる。170ページの脚本で67ページ目に主人公が登場するわけだ。つまり、榎木津と陽子、関口と敦子と鳥口、木場と青木と里村を経て、京極堂なのである。こういうゲームプランを原田は早い段階で思い描いていたようでこれに関しては第一稿から第二十三稿まで大差はない。原田にとって京極堂は先発ではなく、ロングリリーフに使えるクローザー、脅威のクローザー、というゲームプランだった。が、第三稿の前述のセクションに関する限り、決定稿に至った情報量は同じであっても登場人物が大幅に変化している。まず里村監察医が途中で抹殺された。頼子の母、君枝も同様に消えてしまっている。これは単純な登場人物整理なのだろうか。というのも、決定稿の直前、20稿くらいまでは里村は生き残っていたのである。そしてなによりも、原田は原作に於ける里村監察医の存在を殊のほか気に入っていた。ある時点で、わたしはこんな相談すら受けていたのである。「ねえ、きみ、ぼくは『魍魎の匣』の一切を映画版の『姑獲鳥《うぶめ》の夏』とは切り離して考えたいと思っている」

「その気持ちはわからないでもないが、出演者に関してはすべて受け継ぐという約束をしたんじゃないのかい?」

「そのつもりさ。いいキャストだと思う。そのキャストの魅力が前作ではまるで生きていなかった」

「そういうことはあまり大きな声で言わない方がいい」

「もうプロデューサーたちにも言ってしまったことだよ」

「きみ!」

「そこからすべては始まっているんだから言わないわけにはいかないだろう」

「じゃあ、なにを切り離したいというのかね」

「ぼくはキャストをすべて受け継ぐつもりだったし、眩暈坂とか京極堂の店のセットとかそのまま使ってもいいかなとは思っている。しかし、里村だけはゼロから出発したいんだ」

「それは――」

「里村役をやった俳優が好きとか嫌いではなくて、ぼくは原作の里村を気に入っている。これだけはどうしても自分のコンセプトでゼロから攻めてみたいんだ」

「だから、あんな『エリザベス、変態じゃないからわかんない』などという台詞を書き加えているのか。で、例えばキャスティングの自由がきくとして、きみはだれをイメージしているんだ」

「それは言えない」

「言ってくれなければぼくはプロデューサーたちと交渉できないよ。代理人として交渉してくれってことなんだろ?」

「まあ、そういうことになるかな」

「他の条件面も」

「うん」

「じゃあ、教えてくれ」

「ベニシオ・デル・トロ」

「(絶句)」

「(ほっ)」

「のような芝居ができる――」

「おれ」

「え?」

「おれ」

「うそ」

「大村さん、やったもん」

「マジで？」

「と思ったけどみんなびっくりするだろうから古田《ふるた》新太《あらた》にまけておく」


この里村キャスティングに関してはどういう方向に進むのか結論が出ないまま改稿は進んだ。無論、わたしは原田の代理人として希望を伝えたが、製作サイドはそれ以上にむずかしい問題を抱え込んでしまった。関口役の永瀬《ながせ》正敏《まさとし》が体調を崩し、降板せざるをえない状況になってしまったのだ。さらに、原田の参謀でもあるチーフ助監督谷口正行が参加して撮影スケジュールが検討されていくプロセスで、主役たちのスケジュール調整がひどくむずかしいパズルになっていた。これにも原田は心を砕いていた。殊に、木場役の宮迫《みやさこ》博之《ひろゆき》の日数確保がきわどい線になりつつあった。

そんなスケジュール表とにらみあわせて、原田は第七稿の改稿で、里村監察医のくだりから病院にかけて、木場の出番をすっぱり削ってしまったのだ。これには関係者のだれもが驚いたが、スケジュール・マンの谷口助監督はほっと胸をなでおろしたようである。これによって宮迫／木場の出番の見通しが立ったのだ。そして、原田は里村と青木だけで大きなブロックを始めることはできないとして、新たな木場と青木の紹介エピソードを書いて来た。それが決定稿にも残っている美波絹子主演作上映中の映画館のくだりである。

　わたしにはこれが土壇場の逆転サヨナラ・ホーマーのように思えた。里村のくだりは原田がのめりこめばこむほど作品全体から逸脱していくお笑いコントの様相を呈していた。絹子への思いを抱く木場を登場させるシーンとしてはいささか焦点がぼやけていたように思う。スケジュールの縛りやら配役交代の要望といった様々な「逆境」が原田に本来あるべき方向性を啓示したようにも思う。

　そしてまた、木場が病院に登場しないことで青木刑事の比重が重くなり、それによって、青木の魅力、青木と木場の関係といったものまでくっきりと見えてきた。わたしはそう言って原田の改稿を褒めた記憶がある。しかし、そのとき、原田は世にもさびしげな微笑みを浮かべこう答えたのである。

「エリザベス、変態じゃないからわかんなーい」

　わたしは戦慄した。切り返しのワイズクラックには聞こえなかった。スクリーンに到達することのできなかった里村の怨み節に聞こえたのだ。原田は「エリザベス」のしなを作りながら言ったのだ。それはそれは奇怪な光景だった。あの「エリザベス」はエリザベス・テイラーではなかった。エリザベス女王でもなかった――。


眩暈坂。昼。

大きな墓地に挟まれた坂を登って来る関口と大きな荷物を担いだ鳥口。
鳥口「こりゃあ、うちの車じゃ無理だ。眩暈がして来た」
関口「だから、眩暈坂なんだ」
鳥口「御託宣を仰ぐんですか?」
関口「京極堂は古本屋だ」
鳥口「でも神主であり陰陽師だって言ったじゃないですか」
関口「職業別電話帳というものが作られれば古本屋として掲載される。だから、古本からの蘊蓄が実に多い。ほとんどが的外れだが、時々、当たる。それを聞いてあげる。聞いてあげないと、あいつは、蘊蓄にまみれて潰されてしまう」
などと講釈しながら坂を登っていく。字幕。「京極堂と魍魎」。

京極堂。表。昼。

「骨休め」の木札。その前を通って母屋に向かう関口。続く鳥口。

同。母屋。座敷。昼。

障子を開け放った座敷には古本の山。埋まって本を読む京極堂こと中禅寺秋彦。縁側にやって来る関口と鳥口。

関口　「千鶴さんは？　出かけた？　おみやげ持って来たけど」

京極堂　「（読書）君のところは夫婦でもっと会話した方がいいね」

関口　「（勝手に上がり込み）会話しているさ」

京極堂　「（読書）千鶴子は君の細君と一緒に『風と共に去りぬ』へ行ったよ。朝から並ばなくてはいけないそうだ。13年前の映画なのに、すごい人気だねえ」

関口　「そういえばそんなことを聞いたおぼえがあるな。（鳥口に促《うなが》され）きょうは一寸相談があって」

京極堂　「（読書）来るとなると毎日。来ないとなると2ヵ月も連絡がない。君のむら気な人生にぼくを巻き込まないでくれ」

背中を向けてこよりだらけの本に、さらなるこよりを挟み込む。

関口　「そう言わずに。紹介するよ、こちらは」

京極堂　「（読書）月刊實錄犯罪の鳥口守彦君」

へ？　と顔を見合わせるふたり。

関口　「知ってた？」
鳥口　「初対面っす」
京極堂　「鳥口君、君について判ることは他にもまだ色々とあるんだよ（と座り直す）」
鳥口　「は、はい（と緊張する）」
京極堂　「君は、幼いころ、よく神社の境内で遊んだ、ね。社はひとつ、ふたつ、いや、四つか。それから、大きな杉の木。幟《のぼり》が立っているねえ」
鳥口　「（ぽかーん）」
関口　「おい！　どうしたんだ、鳥口君！　まさか、中《あた》ったんじゃないだろうね」
鳥口　「炎天下のしめ鯖みたいにあたっちゃいました」
関口　「なんだい、これは、おい、種明かしをしろよ」
京極堂　「心霊術だ」
関口　「君は、心霊だの超常現象など嫌ってたんじゃないのか？　しばらく会わない間に変節したのか？」
京極堂　「ぼくは首尾一貫して心霊術は阿呆だと思っているよ。否定することと仕組みを知っていることは別だ」
関口　「じゃあなんだ、どう考えたって不思議じゃないか！」
京極堂　「この世にはね、不思議なことなど何ひとつないのだよ、関口君。（さらに）鳥口君。（立ち上がって）じゃあ、我が社《やしろ》の社屋を一通り案内しようか」

武蔵晴明社。境内。昼。

長い石段の道を案内する京極堂。

京極堂　「神主は本来霊能者さ。ただ、神道のややこしさは根が深い。しかし、元を辿ればアフリカの部族宗教となんら変わりはない。神主は秘境の呪術師と同様のものだ。だいいち、神主なんてものは元々回り持ちだよ」

鳥口　「神様が廻って来るんですか？」

京極堂　「そう。当番制だ。しかもこれは大変合理的なシステムだ」

関口　「当番制の霊能者なんて聞いたことがないよ」

同。回廊。中。

施設を紹介しながら歩く京極堂。従うふたり。

京極堂　「霊能力は特殊な力ではないよ。やり方さえ知っていればだれにでも勤まる。要は、災害や天変地異が発生した時に責任を取ればいいんだ。つまり、生《い》け贄《にえ》さ」

鳥口　「神主が？　生け贄？」

京極堂　「全能であるはずの神は、ハズしたら死ぬ。世襲制だったらその家系は途絶えるが当番制だったら運の悪い神主だけが死ぬ。だから、神主が世襲制になったころから霊能者イコール神主は軽はずみな未来予知の託宣をやめた。釈迦なんかもきっぱりとその辺を禁じているね」

関口　「京極堂、君は敦ちゃんから、御筥様のことを聞いたね？　それで、ぼくが近々相談に来ることを知っていた」

京極堂　「そうだよ。ぼくはこうやって、敦子が来るまで時間潰しをしているんだよ」

鳥口　「敦子さん、来るんですか？」

京極堂　「ああ、貴重な情報を集めてね」

鳥口　「じゃあ！」

京極堂　「君たちは霊能者としてではなく犯罪者として御筥様を摘発したいんだろ？」

鳥口　「そのとおりです！」

京極堂　「詳しい話を聞こうじゃないか」

　このように第三稿での京極堂の登場は原作に近いものになっている。が、その後、美術費の配分などで眩暈坂を組むことが相当な負担になることがわかった。原田は前作で使った眩暈坂や京極堂の書庫だからより安価にセットを組めると思っていたようだ。そうではない、ということがわかると、こういった場面はすべてロケ・セットに切り換えられた。

というのも、原田は「武蔵晴明社」探しにかなり細かい注文を出していたのだが、製作部が格好のロケーションを栃木県に見つけたのだった。このロケーションに一目惚れした原田はつぎつぎとシーンを書き換え、京極堂関係のセットを削りに削った。前作では日活撮影所のセットに建てられた書庫も、ロケ現場にある社務所の2階が使われることになった。こういう一連のプロセスは、特に原田の体調や精神に疲労感を与えていたとは思えない。本人はどんどん意欲的に「魍魎の匣」にのめりこんでいたように思う。

初期の稿で興味深いのは京極堂と寺田兵衛との対決がより大きなウェートをしめていた点だ。榎木津と久保との死闘および頼子の死が語られ、そのあとで京極堂が寺田のもとへ乗り込んで行くエピソードになる。その原田が全身全霊をこめて仕上げた対決が一段落して一気に2週間の時間経過となり、終盤戦の開始ゴングが鳴る。問題はこの終盤戦開始ゴングだった。

原田の脚色はおおむね原作者には受け入れられたが唯一クレームのついたくだりがあった。それが以下に書く榎木津療養の場面である。原作者からのクレームあるいは助言を原田はすべて真摯に脚本へと取り込んでいたがこの場面だけはそう簡単には捨てなかった。

交差路。夜。

田園の交差路を近づいて来るダットサン。急ブレーキをかける鼻面を走り抜けていく榎木

「魍魎の匣」変化抄。

津車。

この榎木津車は逃亡する久保が乗っているという設定だ。このシーンの直前、久保は榎木津を刺し、重傷を負わせている。

ダットサン。車内。夜。

頭をぶつけて飛び起きる助手席の関口。運転席の鳥口が怒りのクラクションを鳴らしている。敦子が罵る。

関口「なんだい、いったい？」

鳥口「見ました？　無灯運転ですよ！」

敦子「鳥口君は安全運転で行きなさい！」

教団本部に近い森の中。未明。

ダットサンがことこと来て止まる。

鳥口「本当にここで待ち合わせですか、先生？」

敦子「だれか来る」

本部への道。未明。
朝靄の中をひたひたと近づいて来る影。それが黒衣の男。漆黒の着流しに手甲、黒足袋、黒下駄。鼻緒だけが赤い。そして、手には魔除けの晴明桔梗を染め抜いた真っ白な羽織。京極堂がダットサンの仲間と合流する。

京極堂「時間通りだったね」
関口「下見かい？」
京極堂「昨夜のうちに来たんだ。頼子が行方不明だとわかった途端、矢も楯もたまらなくなってね」
鳥口「警察がやっきになって探していますが」
敦子「初期の信者はこの5人だけど、最初がだれだかわからない（リストを渡す）。表札にあった家族は、妻と息子の名前じゃなくて、両親の名前みたい」
関口「ということは？」
敦子「息子は、戦争前はどこか近くで、所帯を持っていたのよ」
京極堂「戦後は？」
敦子「消息不明。すいません、情報不足で」
京極堂「やるだけやってみるさ。じゃあ、行こうか」
関口「全員？」
京極堂「当然じゃないか。なんのために来たんだ」

「魍魎の匣」変化抄。

関口　「いや、面が割れているし」
京極堂　「構わん。（鳥口に）助手」
鳥口　「（感激して）いいんですか？」
京極堂　「いいとも」
関口　「京極堂、ぼくは遠慮した方がよくないか」
京極堂　「（指して）観客1。（敦子を指して）観客2」
敦子　「記録係」

京極堂、頷き、ふわっと羽織を羽織る。「行くぜ」と枠に一声かけて本部へ向かう。軽い足で追い掛ける敦子と鳥口。重い関口。

教団本部。玄関。未明。
入って来る京極堂。どんどんどんどんと踏み台を叩く。

京極堂　「ご免よ。穢れ封じの御筥様ってえのは、こちらでございますか？」

奥で襖の開く音がして、ぱたぱたと歩いて来る二階堂。事務の女は眠そうだ。

二階堂　「あのぉ、御相談御喜捨ならば受付は――」

敦子と関口に気付く。

京極堂 「ぼくは中野で憑き物落としをしている中禅寺です。こちらの御教主様と違ってしがない拝み屋です。こっちは弟子」

鳥口 「こんにちは。弟子です」

教主の寺田兵衛が出て来る。

寺田 「どうした？（敦子を見て）おや」

こうして寺田兵衛との対決が始まりそのあとでいきなり2週間飛ぶ。

箱館へ続く森。昼。

鉄条網が張られている。その内側には犬を連れた警備員。「私有地につき、立ち入り禁止」や「危険！　高圧電線！」といった看板がある。鉄条網沿いに歩く敦子と鳥口。図面を描いている。字幕。「二週間後」。

鳥口 「軍の研究施設に逆戻りだよ」

「魍魎の匣」変化抄。

敦子　「柴田財閥の遺産があれば、なんでも出来るでしょう」
鳥口　「もしも久保がここへ逃げ込んだとしたら、箱館は鉄壁の要塞ですよ」
敦子　「もしも久保がここへ逃げ込んでいたら、兄貴の出番よ」
鳥口　「頼子の遺体を見た母親が発狂したのも、久保のせいですからねえ。絶対に許せない。だけど、さすがの京極堂先生でも、この中には入れないでしょう」

監視塔も見える。

敦子　「(口まねして)鳥口君、この世には不可能なことなど何もないのだよ」
鳥口　「(ジロっと見て)やばいよ。それ。似すぎ」

走るパトカー。昼。
後部座席には木場と京極堂。助手席に青木。
木場　「やっと口がきけるようになったかと思ったら、京極堂に会いたい、と来た。脅してもすかしてもケロっとして、京極堂はまだか。お手上げだ」

海岸沿いの道。昼。

疾駆するパトカー。その先の岬に、絵に描いたような海辺の別荘。

海辺の別荘。車寄せ。昼。

パトカーを降り立つ三人。

青木　「さすが元子爵の別荘ですね」

木場　「(不機嫌) 畜生、こんなところで療養かよ。ざけんなよ」

正面扉への階段を登って行く京極堂。後を追う木場と青木。

京極堂　「(振り向き) 君たちはここまで」

木場　「！」

京極堂　「約束だろ、約束」

同。裏庭。昼。

執事に案内され、邸内を抜けて庭に出て行く京極堂。プールサイドで美女にマッサージさせているつなぎのスイミング・ウェアを着た榎木津。

京極堂　「同情に値しない男だな、君は」

関口　「それは、ぼくも該当するのかな」

隣のデッキ・チェアから顔を覗かせるサングラスの関口。ちぇっとなる京極堂。

京極堂　「ぼくがひとりで悩み抜いている最中に、君らはブルジョワ生活を満喫かい。不公平な世の中だ」

関口　「京極堂、もう少し夫婦の会話を大事にした方がいいね」

京極堂　「君にそんなことを言われる筋合いはないね」

関口　「（突如）おおい！　雪絵！　千鶴さああん！」

渚をパラソルさして散歩する女性ふたりに手を振る。京極堂、びっくり。

京極堂　「君、あれは、まさか」

関口　「妻たち」

榎木津　「久保の捜索は？　少しは進展したかい？」

京極堂　「全国に緊急指名手配はしたものの、手がかりゼロだそうだ」

榎木津　「あそこに隠れたら警察の手は届かないさ」

京極堂　「どうして、あそこが久保を受け入れると思うんだ？」

マッサージ師に合図して去らせる。痛む下半身をかばいながら座り直す榎木津。

榎木津「能書きはもういらんよ、京極堂。白状しろよ」

関口「すまないけれど、色々調べさせてもらった。戦争中、君は陸軍の第十二特別研究室に配属されたね。美馬坂幸四郎とは旧知の間柄だった。違うか？」

写真を見せる。軍人たちとの記念写真。背景が箱館。美馬坂と京極堂が並んでいる。京極堂、ため息。デッキ・チェアに肘枕で横たわる。

京極堂「箱館は、美馬坂教授専用の帝国陸軍第十二特別研究施設だったのさ」

榎木津「君は何をしていた？」

京極堂「ぼくは——宗教的洗脳実験をやらされた」

関口「なんだそれは？」

京極堂「神国日本が戦争に勝った暁には多くの異教徒を改宗させることになる。イスラムもキリスト教徒も何もかも、まとめて神道にしちまおうって、洗脳プログラムさ。宗教に無知な軍人の考えそうな戦略だ。嫌な仕事だった」

榎木津「美馬坂教授の研究は？」

京極堂「死なない兵士」

関口「ということは」

「魍魎の匣」変化抄。

京極堂　「人体のパーツを交換可能な人造物にする」
関口　「美馬坂はマッド・サイエンティストなのか？」
京極堂　「いや。彼は元々免疫学者だ。日本における遺伝子や酵素研究の権威でもあった。彼は本気だったよ。最終的に軍部の需要と合わなかっただけさ。つまるところ、彼の研究は、何万、何十万という不死身の軍隊を作ることではなかった。天文学的な金をかけて、人ひとりを生かす、そういう研究だった」
関口　「今は、加菜子を生かすことで彼の理論の正しさが証明されている」
榎木津　「戦時中、柚木陽子が施設へやって来たね？」

インサートされる嵐の夜の、兵士と陽子のやりとり。腕のちぎれそうな加菜子。京極堂、苦い自嘲的な笑いを洩らす。

京極堂　「それも、見えたのか」
榎木津　「(京極堂から目を外し) 空襲で娘が重傷を負った。一昼夜戦火の街を彷徨って、研究所まで来たんだ」
京極堂　「ああ」

京極堂の回想。箱館。宗教的洗脳研究室。1945年。夜。

7年前の京極堂が、自分の研究室で軍部の人間と激論している。その時、廊下で慌ただしい動き。

同。螺旋階段。夜。

美馬坂に抱えられた血だらけの加菜子が上がって来る。集中治療室へ向かう。そのあとを追い掛ける陽子。止めようとする軍部の人間。京極堂が、割って入る。陽子を自由にする。

京極堂の声「結局、加菜子の傷が癒えるまで陽子は、研究所で暮らした。空襲ではぐれたという雨宮も何日かしてやって来たね」

同。治療室。(数日後)

回復しつつある7歳の加菜子を診察する美馬坂の穏やかな顔。その傍らに陽子。そして、献身的に加菜子の介護をする雨宮。愛に満ちた家族に見えなくもない。その様子を眺めている京極堂。

プールサイドに戻って。昼。

きらきらと輝くプールの水。見下ろしている京極堂。榎木津が並んで見下ろし核心を突く問いを発する。

「魍魎の匣」変化抄。

榎木津　「陽子の父親が美馬坂かい？」
京極堂　「柚木陽子は、美馬坂が心底愛した女の娘だ」
関口　「加菜子の父親が美馬坂かい？」

京極堂が憤ったような顔で関口を見る。その一瞬、榎木津の左目が動く。京極堂を見る。
彼の心のすき間へ入って行く。

光と活字と呪文の宇宙を突き進む映像。
それを押し退けるように近づいて来る「京極堂の記憶」。

ここでは決定稿にもある京極堂と美馬坂、陽子の場面が続く。

プールサイドに戻って。
我に返る京極堂。榎木津の視線に照れる。関口は、なおも追及する。

関口　「どうなんだ？　加菜子の父親が美馬坂じゃないのか！」
榎木津　「それは、だれにもわからないことじゃないのかな」
関口　「なんだい、榎さん！　外すなよ」
京極堂　「加菜子は柴田財閥の巨億の富を受け継いだ。その富を使って、生き延びている。それ以上、ぼくたちが詮索すべきことじゃない。追及すべきは、久保竣公と魍魎だ」

京極堂「久保は美馬坂に匿われている」

榎木津「その通りだ」

関口「しかし、美馬坂には匿う理由がないじゃないか」

京極堂「それを明らかにするために、ぼくは、美馬坂と対決するよ」

榎木津「何を躊躇《ためら》っているんだ？　あんな、警備、君ならなんともないだろう？」

京極堂「君が回復するのを待っていたんだよ。地底探検は体力勝負だからねえ」

関口「地底？　君、まさか、地下から――」

榎木津「（見て）問題は、あいつらだな」

執事を押し退けてプールサイドへやって来る木場と青木。

木場「さあ、もう充分だろう。どうなってるか聞かせてもらおうか」

青木「久保竣公の轢死体が発見されました」

関口「なんだって！　間違いないのか？」

青木「指紋から本人であることを確認しました」

京極堂「正確に言うと、発見されたパーツは腕だけなのかな？」

「魍魎の匣」変化抄。

妙に落ち着いている。

木場　「両手両足と、肉切れだ」

青木　「事件は振り出しに戻りました」

木場　「とも言えねえって顔だな、京極堂」

相馬が原米軍演習場。朝。

155ミリ榴弾砲が一斉に火を吹く。字幕。「群馬県相馬が原米軍演習場」。

同。着弾点近く。朝。

丘の陰で待機している弾拾いたち。轟音に耐えている。その中に、秀ちゃん。砲撃が止んだ一瞬、走り出す弾拾いたち。

同。山道。朝。

ジープで人待ち顔の木場。やがて、不発弾を背負った秀ちゃんがやって来る。

秀ちゃん　「修ちゃん、待ったぁ？」

木場　「どうでもいいけど、アメ公は撃ちすぎじゃねえか。日本国中穴だらけになっちまうぜ」

秀ちゃん　「まあ、そういうことは吉田の茂ちゃんに言うんだね」
木場　「ありがとね（札をポケットにねじこむ）」
秀ちゃん　「パイナップルはおまけ」
手榴弾の入った袋を見せる。ふたりで不発弾をジープに載せる。

箱館の鉄条網。昼。

不発弾を半分ほど地中に埋める木場と鳥口。見張っている敦子。
鳥口　「いいんですか、本当に？　こんなことして」
木場　「構うもんか。不発弾ってのはなんかの拍子に爆発するもんだ。たまたま居合わせたおれが、付近の住民に避難勧告をする。文句あるか？」
鳥口　「いえいえ。美しいです」
敦子　「はい、あと5分で警備員が廻って来ますよ」

地下水路。昼。

ゴムボートが流れて来る。乗っているのは京極堂、榎木津、青木、関口。

同。地下桟橋。昼。

ゴムボートを係留する京極堂。青木が懐中電灯で流れの先を示す。

青木　「この先はどこに続いているんですか？」

京極堂　「千代田区のどこかだよ」

軽く言って階段に進む。後を追う３人。

青木　「じゃあ、ここから忍び出ることも可能ですね」

榎木津　「何考えてる？　柚木陽子が忍び出て柴田耀弘を殺した可能性かい？　ないね。（手榴弾の袋を見せて）だから、こいつが必要さ」

京極堂　「終戦と同時に、地下水路への連絡口は閉ざされたんだ」

関口　「（時計を見て）だいじょうぶか？　表の爆発まで、後10分しかないぞ」

地下の頑丈な扉。昼。

ドアに手榴弾の袋をくくりつける榎木津。

関口　「どうやって爆発させるんだ？」

榎木津　「（青木に）銃は持っているだろ？」

青木　「いいえ」

京極堂「携帯しろって言っただろ？」
青木「いや、聞いてませんよ、ぼくは」
京極堂「言ったよなあ、打ち合わせで？」
榎木津「言った言った」
関口「いや、木場修には言ったかもしれないが」
青木「でしょ？」

箱館の鉄条網。昼。

犬を連れた警備員が林の奥へ消えていく。物陰から出て来た木場。ポケットから出した手榴弾を握って不発弾のところへ。敦子が、あと1分のサインを送る。

地下の頑丈な扉。昼。

くくりつけた手榴弾の袋から手榴弾をひとつ出そうとして慌てている榎木津と関口。青木と京極堂は議論している。

青木「（怒鳴る）あと15秒！」

やっと1個取り出す榎木津。関口に渡す。

関口　「お？」
榎木津　「頼むな。おれ、片目だから。距離感狂うし」
関口　「待て待て待て」
京極堂　「ピン抜いてポンして1、2、3だ」
関口　「いや、しかしね」

箱館の鉄条網。昼。

木場、ピンを抜いて、不発弾でポンして、脇に手榴弾を転がす。そして、全速力で敦子たちのいるシェルターに走る。

地下の頑丈な扉。昼。

手榴弾を転がし、走る関口。隠れる京極堂、榎木津、青木。耳を塞ぐ。

箱館の鉄条網。昼。

ダイブする木場の後方で手榴弾と不発弾が連続で爆発！

地下の頑丈な扉。昼。

手榴弾が爆発し、爆風で転がる関口。（関口は耳がしばらく聞こえなくなる）

箱館。3階。加菜子の集中治療室。昼。
テントは外され、加菜子は雨宮の介護で流動食を与えられている。振動に不安な陽子。

同。最上階の回廊。昼。
様々な箱型の機器が引き出しのように並んでいる。その数値を確かめていた美馬坂と須崎が様子を窺っている。

美馬坂「爆発か?」
須崎「2回ありました」

箱館の鉄条網。昼。
爆破箇所へ走る木場。追い掛ける鳥口と敦子。

木場「おまえたちはここで待機! 来るな!」

そのまま柵内部へ走り込む。遠くから駆けて来る警備員たち。

木場「不発弾だ! まだあるぞ! 緊急退避!」

浮き足立って逃げ出す警備員たち。その様子を見て、一旦、立ち止まった敦子と鳥口も、敷地内へ入っていく。

地下の通路。昼。

侵入して来る京極堂たち。動力タンクがずらりと並んで壮観。

京極堂　「(愕然) こんな設備はなかった……」
榎木津　「ふた手に分かれて連絡通路を探そう」
青木　「1階まで出れば、上はわかります」

青木を連れて一方に走り去る。

京極堂　「関口君、行くぞ」
関口　「(大きな声で) なんにも聞こえない！　ぼくは、喋っているか！」
京極堂　「だから、耳を塞げって言ったじゃないか！」

箱館。表。昼。

警備員たちに退避勧告しながら走って来る木場。建物に飛び込んで――。

同。1階。トンネル廊下。昼。
一気に走り抜ける木場。

同。螺旋階段。昼。
駆け上がっていく木場。

同。最上階の回廊。昼。
螺旋階段を上がって来る木場。銃を構えている。降りようとした美馬坂とはち合わせになる。

木場　「美馬坂ぁ！」
美馬坂　「木場君といったね、君は」
木場　「久保竣公をどうした？」
美馬坂　「知るわけがない」

京極堂と関口、榎木津と青木、敦子と鳥口の3グループを使って内部を紹介しながら木場対美馬坂の対決とカットバックさせる。

木場　「久保に新しい手足を繋いだのか」

美馬坂　「（微笑んで）50年前、ジャブレーという医者がヤギや豚の臓器を人間に異種間移植して失敗した。いいかい、木場君。人間には免疫という機能が備わっている。つまり、人体の警察だ。異物が入り込んだら都合の悪いものを排除する。こちらは警察機構より遥かに律儀で有能で勤勉なんだよ」

木場　「うるせえ！」

発砲する。弾丸が廊下の箱機器に当って跳ねる。美馬坂が狼狽する。

地下の動力タンク。

ゴゴゴー、機械の動力音が地鳴りのように轟く。爆発で目覚めた何かが、銃撃によって動き始める。

地下の昇降機。

入り込んだ敦子と鳥口。機械の意志で、ぐわーっと動き出す。

同。最上階の回廊。昼。

箱機器を壊し始めた木場。止める美馬坂と須崎。

木場　「久保はどこだ！　言え！」

陽子

「やめてください!」

陽子が立っている。木場の動きが止まる。

以下、榎木津/青木組は最上階の中央吹き抜け部分(久保の頭部)に到達。敦子/鳥口は昇降機にトラップされ、京極堂/関口は美馬坂の空間に辿り着き、隠された事実を暴く。

美馬坂との対決のポイントは、①殺人犯久保と美馬坂の繋がり。②その中で、陽子が果たした役割。そして、③最大の焦点、久保はどこか、ということに絞り込む。①に関しては、寺田が鉄箱を研究施設に納めに来た戦前の回想。10歳の久保が箱の部屋に迷い込み、箱の迷路で四肢を見る。戦後、久保が相談に訪れたのも、美馬坂。そのことを京極堂は、美馬坂の出身地からクボテ山の神社まで調べ上げ、箱を祀る宗派のヒントを、美馬坂が久保に与えたのだと推理。

久保は美馬坂にマインド・コントロールされた弟子/プロティジェだった。久保が頼子の手引きで加菜子を誘拐しようとしたのは、美馬坂のプラン。この施設を継続するためには陽子に遺産相続させるしか手立てがない。それで、加菜子が瀕死の重傷を負うことが必要だった。

キーとなる台詞は「美馬坂教授にとって死なないこととは生命活動が維持されることで

あって、生きていることではなかった」や「この建物自体が彼の創った人間なのだ」。その対決のさなかに崩壊が始まり、美馬坂は死に、雨宮も加菜子も死んだと解釈される。（陽子は、美馬坂を殺して、瓦礫《がれき》の中に消える？）

暗転。字幕。「夏が終わって、秋が来た」。

こうしてエピローグに繋がるのだが、第三稿の時点では美馬坂と京極堂の対決はなんら具体的には書かれていない。相馬が原の米軍演習場など当時の資料から原田がみつけた時代と木場とを繋ぐエピソードだろう。こういう大掛かりな場面を書くことに不安を覚えたのか、最後の対決をブランクにしてプロデューサーたちの意見を求めていくことになる。

2006年4月18日。第七稿を添付したメイルで原田はこんな風に書いている。

先日の打ち合わせベースの直しを送ります。指摘箇所としては、美馬坂と京極堂の会話だけはそのままです。プールサイドは、一応山の湯治場にしてあります。これは、海水浴場よりは絵になりやすいかな、という程度です。が、考えれば考えるほど、このくだりは、海辺の別荘なりホテルのプールサイドの方が映画的な榎木津のムードにはあっています。例の「京極夏彦」ブックでも、榎木津は「富豪探偵」のイメージで書いてありますし、ファンのイメージが、榎木津の背景には当時のモダニズムがあるという方向になっているような気がします。全体を詰めてから、最後の最後で、みなさんに京極さんを説得してもらうしかないとは思いますが。療養地の設定としては、今出川の別荘以外に、榎木津の能力で事件を解決してもらって以来榎木津ファンになったパトロンとか、色々な可能性はあるでしょう。

原田眞人拝

さらに、2006年5月31日付けでは次のような書き換えプランが提示されている。

なお、脚本の構成の問題ですが、大きなところで2点先に提示しておきます。
シーン121と122のつなぎがきついので、119から121までのエピソードを107の前に入れることを提案します。
この部分の時間経過は単純に107を「翌日の夜」にしてもよいし、前半のように「その6時間前」といったスーパーで時間軸をいじってもいいのかな、と。細部の修正は別にして、要は、頼子の無惨な死に様を見せる榎木津対久保対決のくだりの方が、京極堂対寺田の対決よりもはるかにインパクトがあるので、これをひとつのクライマックスに持って来て、122の「2週間後」という時間経過につなげる方が流れがスムーズになります。以前の打ち合わせでみなさんが「頼子の死」をどう受け止めるのかと言っていたこととも関係していますが。

さらに、この122のリードにしても、京極堂の山中での探索をワンシーン入れて、車内の描写、駅に着いた時にホームに見える刑事ふたり、といった絵で見せるわかりやすいクッションが必要かなとも思います。ショッキングなエピソード↓クッション↓謎解きの大きなシーン、という流れです。

もう一点は、131のケツで、京極堂がクリーニング屋のトラックを使っての侵入プランを言い出すところが必要ですね。あるいは、131Aとして、全員が京極堂の家で侵入プランと役割確認するといったシーン。

原田眞人拝

これ以降、メイルでは大きな提案はなく脚本は決定稿に近づいている。6月以降の改稿は数ページの限られた訂正に限定された。便宜上、その都度新たな改稿ナンバーが提示され、23稿でカウンターが止まったということになる。

撮影からポストプロにかけて原田は思い悩むといったことはほとんどなかった。順調に撮影し、順調に仕上げ、順調に公開のときを待っていたはずだ。それがなぜ失踪したのか。

原因があるとしたら2005年12月から2006年5月、までの半年間に起きた何かであると、わたしは予測した。そして、それが1年後になんらかの形で「炸裂」したのだ、と。

新宿二丁目に「えりざべす」という愛称のオカマ・ボーイがいたそうである。舌ったらずの口調で、「えりざべす」は「エリザベツ」に聞こえたそうだ。原田が失踪した時期にこの少年も姿を消している。彼女の口癖は、「えりざべつ、変態じゃないからわかんなーい」だったそうである。

魍魎の匣は人の心を化粧する。

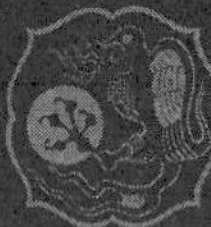

朦朧記録

牧野 修

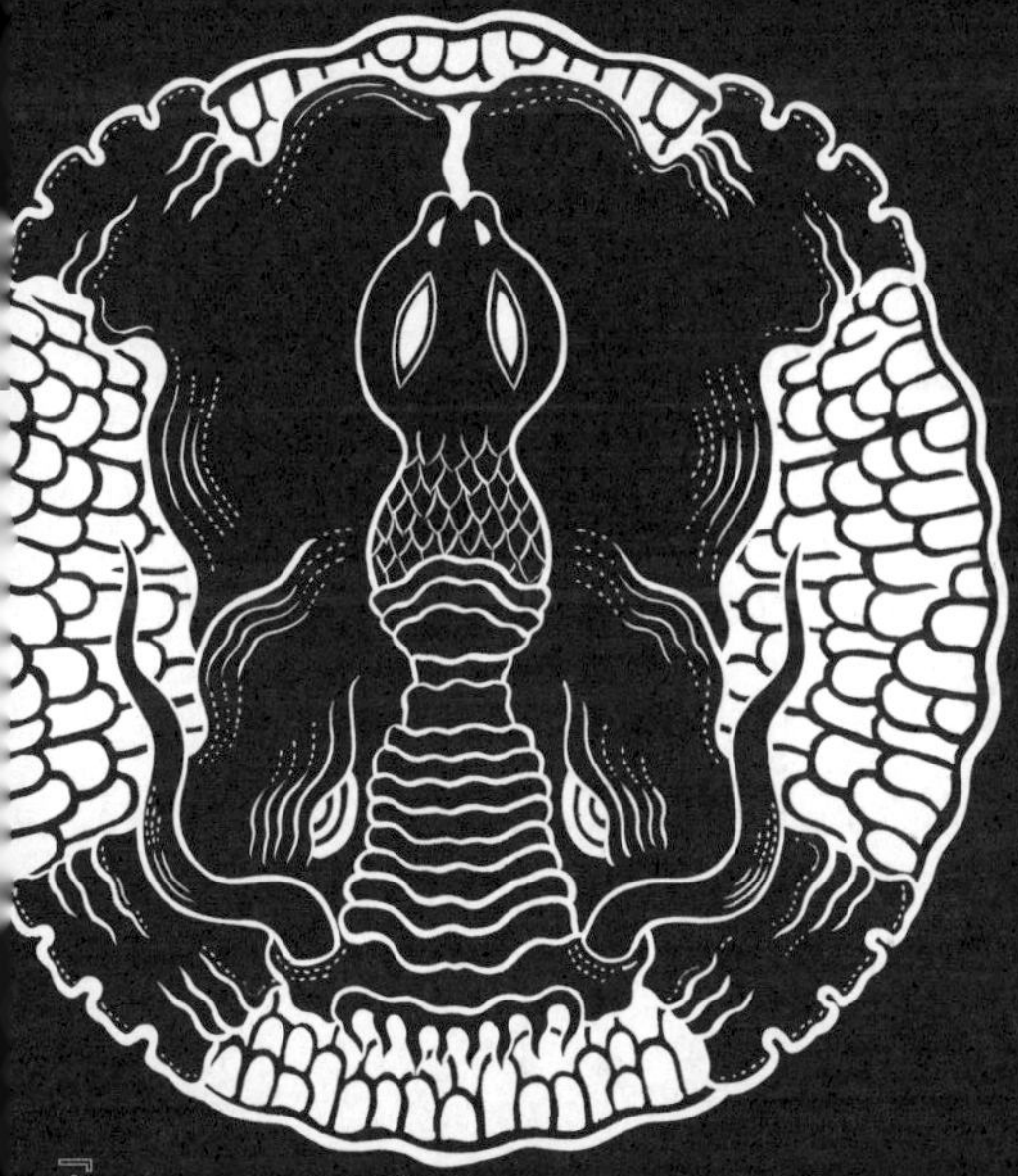

◉まきの・おさむ
大阪生まれ。
2002年『傀儡后』で第23回日本SF大賞受賞。
近作に『水銀奇譚』『ハナシをノベル!!』（共著）
『ネクロダイバー』など。

百舌鳥《もず》が鳴いていたとしよう。

決して覚えているわけではないが、そんな気がするからだ。

陰気な参道を私は歩いていた。日射しがきつい。夏なのだと思う。思うが自信はない。ちりちりと首筋を焦がすこの暑さは、どう考えても夏のものだろう。だが百舌鳥が鳴いていた。鳴いていたような気がする。少なくとも鳴いていたような気分だったことは間違いない。百舌鳥があの甲高い厭な声を上げるのは秋のことだ。ということは、物寂しい厭な気分こそあったが、百舌鳥とは関係なかったということだろうか。それにしても私は、いったい今までどうやって四季を感じ取っていたのだろうか。いや、それどころの話ではない。今までどうやって時の経過を感じ取っていたのだろうか。どうにもそれが判らない。未《いま》だに平成という年号にも慣れない。それどころか年号そのものを忘れてしまう。

酷《ひど》いもんだ。

最近は何を見ても何を聞いても感想は同じだ。

酷いもんだ。

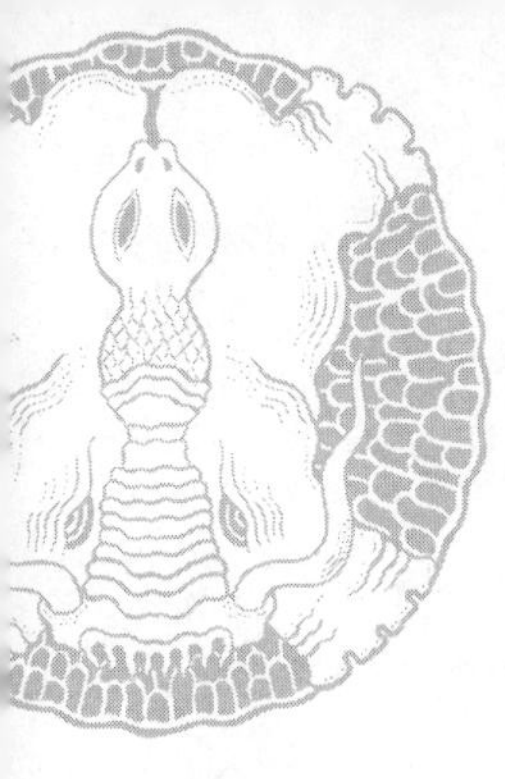

世界に裏切られたのだという思いはある。だがよくよく考えてみれば、私などは生まれたときから世界に裏切られていたのだ。そして出来損《できそこ》ないとして生まれたことを悔やむ日々を送ってきた。だから今更《いまさら》世界が裏切ったもないのである。

――関《セキ》君のようなぼんやりとした男は歳を取っても惚《ぼ》けたのか否《いな》か区別がつかなくて困る。年輪を重ねるにもメリハリがないわけで、まさしくウドだよ。ウドだとしても、大木《たいぼく》ですらないわけだから酷いものだ。

口の悪い私の友人はそう言う。彼はいつだって私に猿だの馬鹿だの脂性《あぶらしょう》だのと言うのだが、この意見だけはまったく否定できないのである。

いや、まったく酷いものだ。

私は知らぬ間に歳を取り、知らぬ間に記憶の地獄を彷徨《さまよ》うことになった。老いるという罰は、私が汚物のような人生を送った罪に対する正当な罰だろう。にもかかわらず「いつ裁判がありましたか」「いつ服役が決まりましたか」「いつ収監されましたか」などと最後まで惚けたことを言っているのが私だ。誰が量刑したかは知らないが、これでは罰にならない。だから時々、こうやって今私が老いていることをはっきりと老いている私に理解させているのだ。

誰が。

誰だっていい。そんなことは別にして、私の人生にメリハリなどないのだろう。それがつまり出来損ないの世界なのだ。そして今、その出来損ない加減に磨きが掛かってしまい、それで……。

――叩き起こされた猿のような顔でじっとしてたら撃たれるぞ。

酷いことを言う男だ。しかしなんと言われようと、私はここまで生きてこられたのである。ここまでというのがどこまでかが良く判らないが。

世界が現れる。

世界が消える。

壊れた蛍光灯のように世界が明滅する。

その狭間《はざま》に私の出来損ないの世界が存在する。

家具と家具の間で暮らすぺらぺらの人間が私なのだ。

ほらその証拠に、こんなに腕が細くなってしまった。脚だって細くなっているはずだが、自分の脚を見ることすら出来ない。どうやら私は拘束されているようだ。手も足も動かない。寝返りも打てない。定期的に現れる白衣の男や女が、私を邪魔な敷石のように、右へ左へと転がすのだ。なにやら楽しげに会話を交わしながら。

そんな時に見えるのだ。

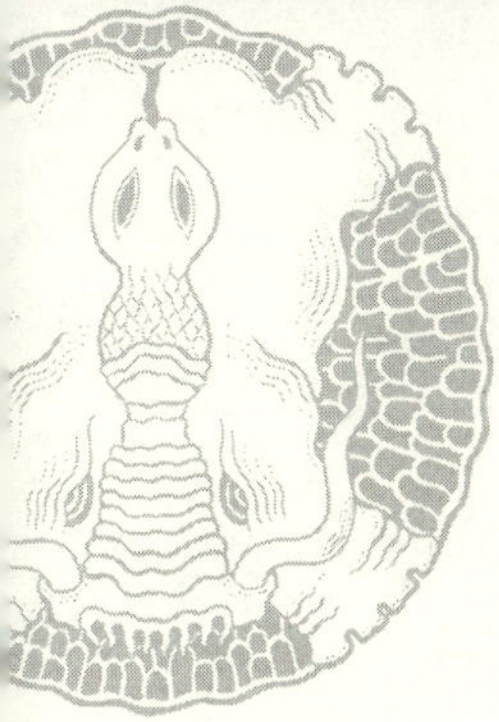

あの日の参道だ。

露店がいくつも並んでいた。

私は古道具を並べた店を冷やかしていた。

首筋がちりちりと焼ける。間違いない。夏だ。

暑さは人をおかしくする。きっと頭蓋の奥で脳漿《のうしょう》が湯豆腐のようになっていたのだろう。

だからこそ古伊万里《こいまり》モドキのうさんくさいぐい呑みを見ていて、不意に思い出したのだ。しかし何を思い出したのかは思い出せない。とにかく私は見るだけだ。思い出せないのはそれを見ていないからだろうか。

私は参拝客で賑《にぎ》わう参道を外れ、本堂の裏へと抜けて森に出る。

誰かを探していたような気がするが、それもまた記憶の外だ。

そこで聞いたのだ。あるいは聞いたような気がしたのだ。百舌鳥の声を。

私は身悶えするほど切なく、人は死ぬときこうなるのだと納得した。

生まれ落ちるということは、どうにも本人では制御出来ない。何しろ自分の意志とやらもその時に生まれるのだ。意志以前に決定など出来るはずもない。だからせめて終わりぐらいは自らの意志で決めたいものだと思っていた。惨めな生き方に対する、それが精一杯の抵抗であるような気がしていた。その考え自体が、若いが故の熱情と楽観から生まれたものであることを、今なら知っている。結局私は、老いて鬱々たる日々を過ごす内に、気がつけば終わりを終わりとする力さえ失われていた。惨めな生は、じわじわとだらしのない死へと向かっていくだけなのだ。

それが地獄である。

つまり私にとって生まれ落ちることが刑罰なのである。そして死に至るまでに長い長い時間を経ることで、その日々こそが地獄であるということに気づかされる。

そうだ、気づかされる。様々なことに。にもかかわらず、判らないのだ。

何もかも。

この世のあれやこれやの中で、自分の力で出来ないことが八割を過ぎた。そうなると、さすがに私のような出来損ないでも、困ったことになったと気がつく。

ほら見てご覧。硝子戸《ガラスど》から射し込む西日に灼《や》かれてすっかり色の変わった畳が見えるじゃないか。そして飴色をした家具や家屋が蝉の蛹《さなぎ》で出来ているのだ、と言って笑われたあの時の事などを思い出しているのである。そしてあの夏の、百舌鳥の鳴く昼下がりの参道をゆるゆると歩く、あの時の事を。

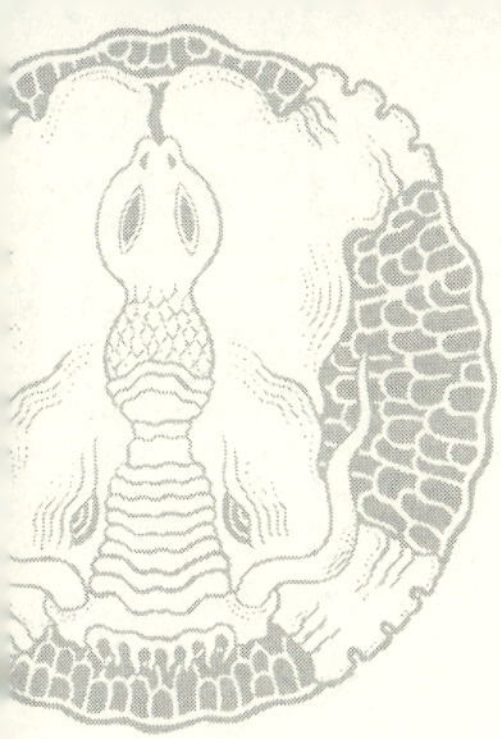

それはしかし、考えようによっては優雅とも思える暮らしぶりであるわけだ。そうじゃないだろうか。何しろ私は夢や現《うつつ》や中途半端なその隙間のあれやこれやを、こうしてベッドの上で……。

どうして私はベッドの上にいるのだろう。

——ここが病院だからじゃないか、関君。君がここに運ばれ寝たきりになって、どれほどの時間が経っていると思っているんだ。とうの昔に暦が還り、へタをしたら二巡目に向かおうかというぐらい生きて、それで自分がどこにいるのかも判らないのか、関君。君を見ていると、大人は堕落した胎児なのだという説にも頷けるなあ。

それは一体誰の説なのだろう。

そして今日は何日ですか何月ですか何年ですか。

時は見えない。だから私は記憶できないのだろう。

いきなりだが、どうして人には目というものがあるのだろうかと疑問に思う。というよりも、生き物の大半に目というものがあるのだが、あれはいったいどうしてどのようにいかなる過程を経て出来上がったのだろうか、などとうすぼんやりと霧の掛かった頭で考えていると、いつの間にかその霧は甘く蜜のようなものになっており、じわじわと滲み入ろうとするので、口を閉じたが、しか

し鼻も耳も閉じるわけにはいかず、仕方なく三匹の猿の置物のように顔のあちこちに手を当てて穴を塞《ふさ》ごうとしたのだけれど、よくよく考えてみれば毛穴が残っているわけで、すべての毛穴を塞ぐことなど出来るはずがないのだから、結局甘い霧はじくじくと私の身体に滲み入ってくるのである。
蟻が来るんだよなあ。
そうそう、蜜が滲みた身体にはどこからか現れた蟻が、破線の行列をつくってぞろぞろとぞろぞろぞろと……。

はて、私は何を考えていたのだろうか。

口と目は閉じることが出来るという一点で似ている、というような話だったのだろうか。それとも黒い獣と黒い虫の話だったか。

「どうして目というものが出来たか、などという疑問はまったくもって君らしくはないね」

声がするので私はそっちを見ようと少しばかり顔を動かし、見る。

そこには車椅子に座ったいかにも偏屈そうな老人がいた。笑うと死ぬと思っているのではないかというような仏頂面《ぶっちょうづら》だ。

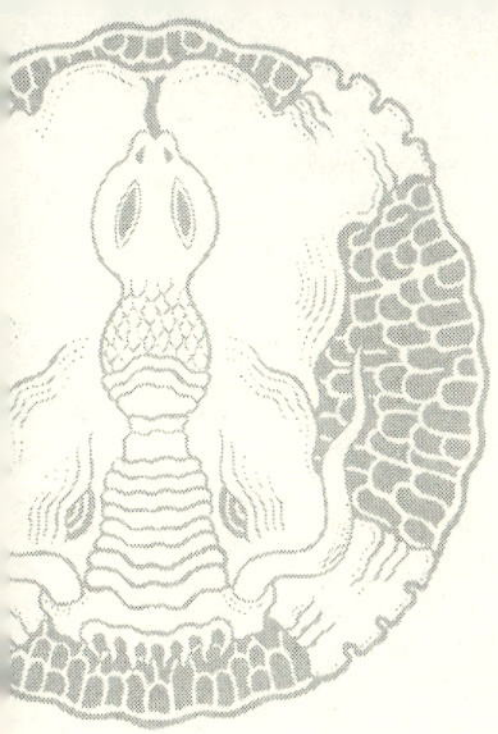

「しかし君がそれを何故《なぜ》疑問に思うのかは理解できるよ。そういう意味でなら君らしい質問でもある」

　銀髪を後ろに撫でつけ、皺だらけの痩せた顔は多少小綺麗《こぎれい》な骸骨といったところか。私はむろんこの男を知っている。

　彼は――。

「目は進化論的にも大変興味深い器官なのだよ。何しろ肝心のダーウィンでさえ、この完璧に思える複雑な器官が、ただ単に突然変異と自然淘汰によって生まれるとは考えにくいと言っているんだからね」

「思い出した。君は京極堂だ」

「ふん、記憶というもので人は成っているということが、君を見ていたら良く判るよ。記憶が曖昧《あいまい》になれば人も曖昧になるのだね。そんなことよりも、目だ」

　京極堂はそう言って人を食う獣のような目で私を見た。

「君はかなり白内障が進行してしまったらしいね。両眼共に瞳が濁り酒のようになっている。私の事が見えるかね」

「見えるような気がする」

「ほらそれだ。記憶が君を変えてしまった。まあ良いだろう。話を続けること

にする。目の話だ。ところで遺伝子の話をしても君はついて来られるかい」

　頷く。

「ならば良し。目と一口に言うが、蝿の目と人の目とではずいぶん構造が異なる。烏賊《いか》の目と蛞蝓《なめくじ》の目も異なる。目というものはそれぞれの種によって、別々の異なった構造を持っているのだ。だから昔は、それぞれの種の〈目〉は、それぞれの種が異なる系統から別々に進化させてきたのだという考えが主流だった。当然と言えば当然の話だ」

　長い話になると、最初の方が覚えていられない。砂糖で出来た棒を水に浸したように、端の方からぐずぐずと溶けて消えていってしまうのだ。

　しかも唐突に別の何かを思い出したりして、たとえば昭和二十七年の夏に何が起こったのか、だとか、あるいはあの暑い夏の参道の事だとかを、不意に思い出す。いや、見ると言った方が正しいのかもしれない。

「だからその遺伝子が発見された時に、どれだけの衝撃だったかぐらいは、今の君にだって理解できるね」

　私はじっと京極堂を見た。もちろん何も理解できていないという意味だ。その意味を判っていながら、彼はそれを無視した。京極堂という男は、私が理解しているかいないかに、結局は興味がないのである。

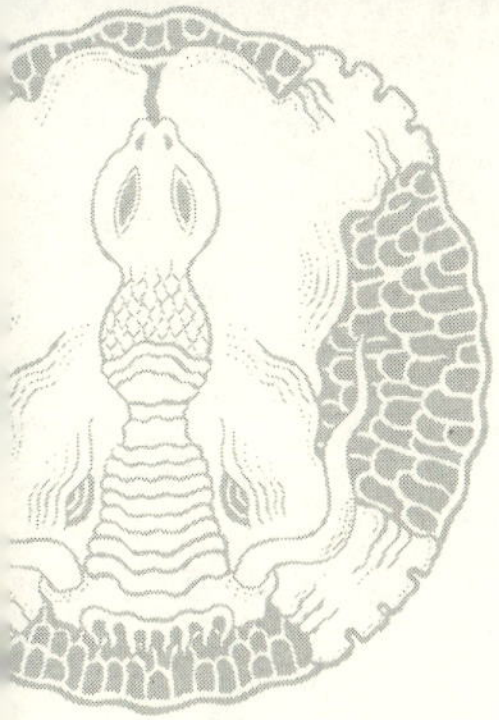

「その遺伝子は猩々蠅《しょうじょうばえ》の胚《はい》から見つかったのだ。猩々蠅には目の出来ない突然変異というのがあってね、それがその遺伝子の異常によるものだと判ったのだ。さてここからは見世物小屋の口上じみてくる。実験によってこの遺伝子を蠅の身体の、様々な場所に働かせる。するとどうなると思う」

　答えようとしたが、口が上手く動かない。動かない動かないと思っていると、何を言おうとしたのかもわからなくなる。結局はあうあうと音を出しただけだった。実に情けない気分になる。

　そして話は続く。

「それがどこであろうと、触角の先や脚の根本や胸など、どこであったにしても、その遺伝子が働いた箇所で目が生まれるんだ。それだけじゃあない。その遺伝子は鼠《ねずみ》にもある。その鼠から取りだした遺伝子で、蠅に目を作ることも出来るのだよ。君だって昆虫と哺乳類の目の構造がまったく異なる事ぐらいは知っているだろう。にもかかわらず、なのだよ。つまりこの〈目を作る遺伝子〉は、あらゆる生物に共通して存在し『目のような器官を作れ』と命令をくだすのだ。この意味が君には判るかね」

　返事なんか待ってくれない。

「これはつまり『飯を食え』だとか『子を殖《ふ》やせ』だとかと同じように、生物であるという必須条件として『見ろ』という項目が含まれているということなのだよ。すなわち父母未生以前《ぶもみしょういぜん》の理《ことわり》の一つが『見る』ことなのだよ」

私の記憶とは見ることである。見ないものは覚えていない。だから見るべきものを見なければならないのだが、それにしてもどうしていつも私は見ているのだろうか。いや、なにやら見られていたような気もしないではないのだが、どうにもそれは思い出せない。それはつまり、見られていることを私は見ていないからだ。それではその時見ていた誰かが私のことを覚えているのだろうか。

いずれにしても私は覚えていない。覚えたくないからではなく、どんなものもすくい取ったらすぐにその手からじゃあじゃあとこぼれ落ちてしまうのだ。次から次にだ。だから私は次から次にそれを両手ですくい取らなければならないのである。つまりそれは、私がすべてのものをじっと見つめ続けているということになるのだろうか。

「今日はここまでだ。僕も疲れた。まったくこんな年寄りばかりの病院は陰気で困る。病の気も、なるほどこういうところに集まってくるのだろう。寅吉《とらきち》君に頼まれなかったら、こんな所にはこなかっただろうね。君の不遇など僕には何の関係もないのだから。だから君は多少なりとも寅吉君に感謝すべきだよ。それでは」

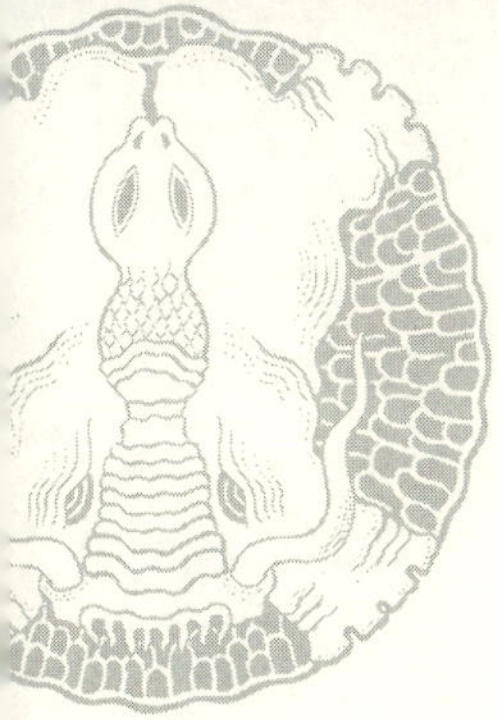

京極堂は器用に車椅子を動かし、狭い室内でくるりと背を向けると、遠ざかっていった。あっという間に。

私にとっては、昔から憂鬱で塞いだ気分でいることが常態であるのだから、それを今更どうこう思うわけではない。が、しかし、いやまあそれでも死にたいなあ。

ところがしっかりと拘束されているらしく、私は指一つ満足に動かすことが出来ないのだ。

これはきっと白衣を着たあいつたちの仕《し》業《わざ》なのだろう。あいつたちの作戦は実にいやらしい。たとえば床下に潜り込み、長い長い竹串を、床板の隙間に差し込むのだという。針は敷き布団を貫き、私の尻をちくちくと突き刺すという仕掛けだ。何という陰湿な作戦なのだ。あの白衣の奴らでないと考えつかないような計画である。

——養老介護の略が「ようかい」なのだよ、関君。

何を馬鹿なことを言っているのだ。

——いやはや、今となっては君自体が妖怪なのだがね。

妖怪なのだろうか。今の私は。

——猫だって歳を経れば化けるんだ。人だって歳を取れば化けるだろうさ。

いったい私の身体はどうなってしまったのだろう。

私は私を見ることが出来ない。それはなんだかとても理不尽なことに思える。こうしてベッドに横になって、白衣の男女に良いように操られ、自分では指先一つ動かすのに許可がいるような不自由を強いられているのである。これも確かに理不尽だ。怒りを感じる。だがそれ以上に、自分で自分が見えないことの方が理不尽なのだ。

私はほとんど身体を動かすことが出来ない。見ようと思っても見えるのは私にかけられた白い布団と、点滴の時に、入りやすい血管を探して古美術品のようにあっちこっちを向けられる自身の腕だけだ。

痩せ細ったことは間違いないが、どうして私は身体を動かせないのかがわからない。つまりこれが拘束であり監禁であるということなのだろうか。

時々無性に両脚の指が痒《かゆ》くなるときがある。どちらの指も親指だ。猛烈に痒いのだが、私には掻くことが出来ない。身体も腕も脚も、どこもかしこも芯を抜かれたちくわのように力なくだらりと垂れ下がっている。しかもその垂れ下がっているという感覚すらない。

だから見るものといえば部屋の天井ばかりなのだが、ここにいわゆるところの空調がある。それは黒く四角い枠と、鎧窓《よろいまど》のような板で作られているのだが、私にはどうもそれが、何かの契約書に見えて仕方がないのだ。もしかしたら誰かが、私に約束を果たさせるために、あんな所に契約書を貼ったのかもしれない。

奴らはなかなか油断がならないのだ。

――君が妖怪であることを証明してやろうか、関君。どうだ、覚悟は出来ているか。

覚悟も何も、私が何を思っているかと関係なく彼の遊戯が始まるだけだ。

――やあ、関君、こんばんは。

いきなり何を言い出すのか。そう思いながらも「こんばんは」と応えようとしたのだが、なかなか思うように口が動かず、おんわんわあとかなんとか、わけの判らないことを言ってしまった。

――ほら見ろ。

鬼の首を取ったとはこのことだというように勝ち誇って言った。

――良いか、関君。夕暮れ時などに人ともあやかしともつかない何かと出会うことがあるだろう。

そんなことがあるかどうかわからないが、あっただろうか、どうだろうかなどと考えている間に話はどんどん進んでいくのである。

——そんな時それが妖怪だとどうやって見破るかというと、挨拶をするんだよ。すると妖怪ってのは、いくら上手に人間の振りをしていても、口が上手く回らないから、おかしな口調で答えてしまうんだな。今の君のように。

何だか京極堂みたいなことを言っている。

——今、京極堂みたいだと思っただろ。

ははは、と私は笑う。

榎《エノ》さんこそサトリの化け物みたいじゃないか。

すると男の顔が溶けるように歪んで、

——化け物じゃないとでも思ったか。

厭な夢ばかり見る。

目覚めて何かを覚えているわけでもないが、しかしそれが厭な夢であったことに違いはない。ただただ厭な気分だけが、口の中の砂のようにざらざらとひたすら不快なのだ。

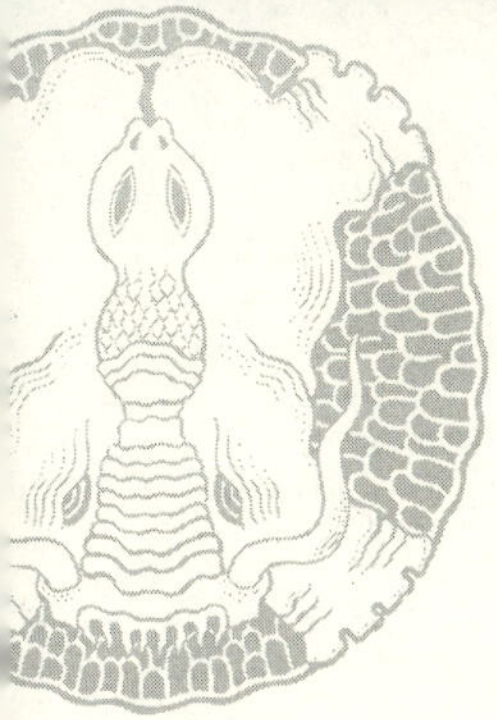

しかし考えてみれば、私の人生そのものが厭な夢のようなものだった。目覚めぬ夢というものが不幸なのか幸福なのかは、夢の内容ではなく、それに気づくかどうかで決まるのではないか。終わらぬことほど恐ろしいことはない。だからほら、終わらせたいと思って当然なのだ。

どこか不安のないところに行きたい。

——天国かね。

そんなものがあるとは思えない。

——じゃあ、地獄だ。

ふうむ、何故だろうか。地獄の方はあるような気がする。

——安住というものが退屈であることを、誰もが知っているのだよ。で、その厭な夢というものは地獄に似ているのか、それとも天国に似ているのかい。

どうですか、お加減は。

白衣の男が尋ねる。にこやかだが嘘臭い。首の傾け方から足運びまで、何もかもが演技のように思える。言うことすべてに裏がある。いいや、裏すらなく、言うことは言うことだけで、その底はからっぽであるような気がする。これに比べれば、黒衣の男の方がいかがわしさでは勝っていても、恐ろしくはない。

検査の結果はかなり良いですよ。糖尿は相変わらずですが、これはまあ一生

ものと考えて養生するしかないですからね。

ニコニコしながら奴は言う。

それをのぞけば、身体の方はもうすっかり良くなられた。ここに運ばれてきたときの事を考えると、嘘のようですよ。

わははと身体を揺すって笑う。

急にむかっ腹が立った。

殺意と言ってもいい。人間はこんな時に人を殺すのだろう。

こいつの胸ぐらを摑んで二三度揺すったあげく、顎にげんこつを一発お見舞いしてやりたい。切にそう思うのだが、身体が動かないのだ。

辛いなあ。

四肢を縮め、天井を見上げ、私は「ほう」と声をあげる。

なのに終わらない。


「父母未生以前の本来《ほんらい》の面目《めんもく》とは何だと思う」

車椅子に座った老人がそこにいる。もちろん私は彼の名前を知っている。

知っている。知ってる。……京極堂だ。

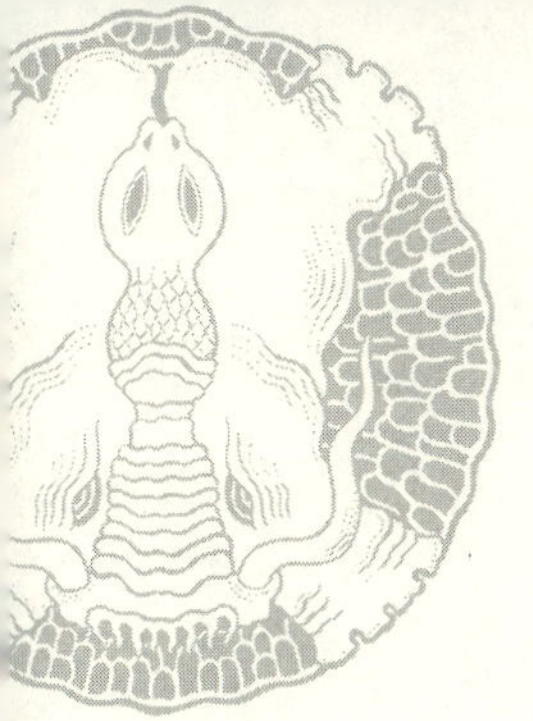

「これほど有名な公案《こうあん》を君は知らないのか」

呆れ顔だ。

「何を言ってるんだね」

「だから公案だよ。禅の話なら、君がうんざりするまで話したと思うのだが」

確かにうんざりしたことがあったような気がする。中身はまったく覚えていないが。

「要するに修行僧に出される質問のことだ。それがどうしたというような顔をしているな」

「判らないんだ」

「そうか」

呟いたその顔が不思議と憂えているように見えた。この男が私に同情するなどとは思えない。彼の出した質問以上に、私は彼の表情が不可解だった。

「知らないものは知らないと言いたいのかもしれないが、知っていることをいつも知っているとは限らない。知っているという事実と、知っていることを知ることとは別物だからね。まあ、それはいい。判らないことは説明してやろう。君の思う以上に僕は親切な男なのだよ」

親切とは縁遠い、鋭い双眸《そうぼう》で私を睨む。

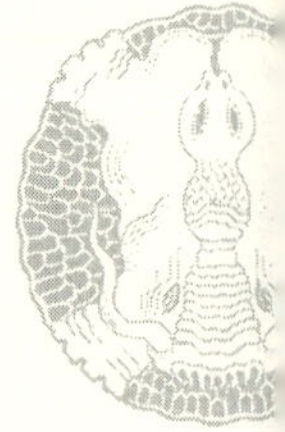

「父母未生とは両親の生まれる前という意味だ。本来の面目は自分の本来の姿というような意味だ。両親の生まれる前の前のおまえの姿とは何か。そういう問いなのだよ。しかしこんな事を知らない大人がいるとはなあ。不憫《ふびん》なことだ」

何が不憫なものか、と言おうと思ったのだが、喉も唇も自分のものとは思えぬほど自由に動かない。だから結局は、なにがふがふがふが、で終わりだ。

「前にも言ったが、見るということは、父母未生以前の本来の面目と密接に関わっている。生き物が生き物として生まれるとき〈見ること〉がその前提の条件としてある。いいかね。〈見ること〉だ。〈見られること〉じゃない。面白いと思わないかい」

私は首を捻る。

「それじゃあ、まさかと思うが、自他不二《じたふに》を知らないなどということはないだろうな」

さて、とまた首を捻る。

「自他は自らと他人だ」

「それぐらいは知っている」

「知っていると威張って言うようなことではない」

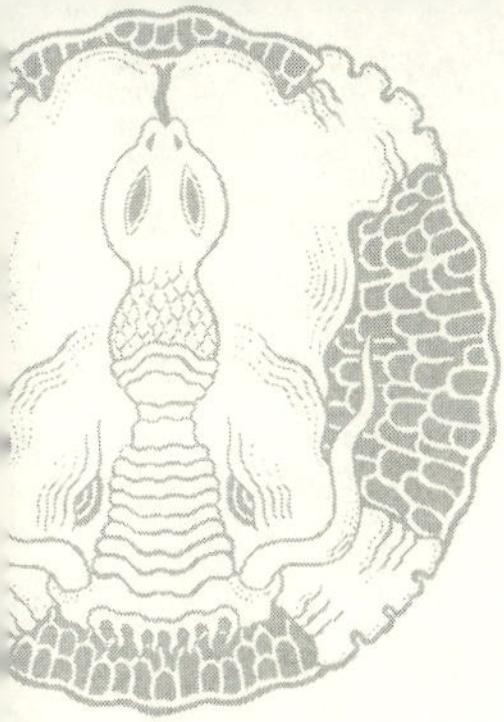

「まあ、そうだろうが……」

「不二は〈二〉ではないということ。つまりは二つに分かれないということだ。これで判るだろう」

ただでさえぼんやりした私の頭は、京極堂の言うことを最後まで聞いていることすら出来ない。

百舌鳥が鳴いていた。

あの夏の陰気な参道が見える。並ぶ露店の、なにやら甘いにおいに醤油のにおい。正体も判らないし、判る気もない、あれこれと並べられた商品の数々。

そして私は古道具を並べた店を冷やかしていたのだ。

頭の中が沸騰するほど暑い昼下がりのことだった。

私は誰かと約束していた。だが約束など、どうでもいいと思っていた。第一その時まで約束のことなどすっかり忘れていたのだから。そしていきなり思い出した。

その時は。

で、今はまたそれも霧の中だ。頭の中身が濡れ雑巾に入れ替わってしまった気分だ。

私は約束の場所へ、そいつを探しに行った。すでに約束の時間は過ぎていた。

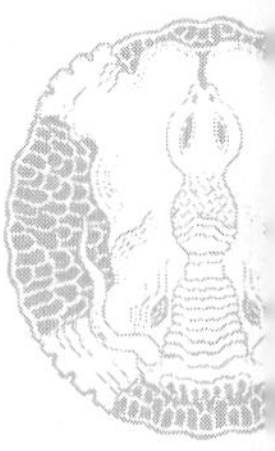

いないだろうと思っていた。

神社の裏に広がる森。

木陰に入ると、濡れた土のにおいがした。

ひんやりと風が冷たい。

生き返った気がする。

そして百舌鳥が、あの薄ら寒い甲高い声で鳴くのだ。

「百舌鳥が鳴いていた」

「……また夢を見ていたのか。人の話を聞きながら眠ってしまう非礼を詫びさせたいところだが、まあ良いだろう。今日はこれまでだ。続きはまた今度にしよう」

京極堂は器用に車椅子を動かし、狭い室内でくるりと背を向けると、遠ざかって……そうだ、これを何度も経験している。京極堂は何度も私の所に来ている。少なくとも今はそれを知っている。誰か、メモを執《と》ってくれ。京極堂は幾度も私の所に来て……いったい何をしようというのだろう。


おしもの方を清拭《せいしき》しましょうね。

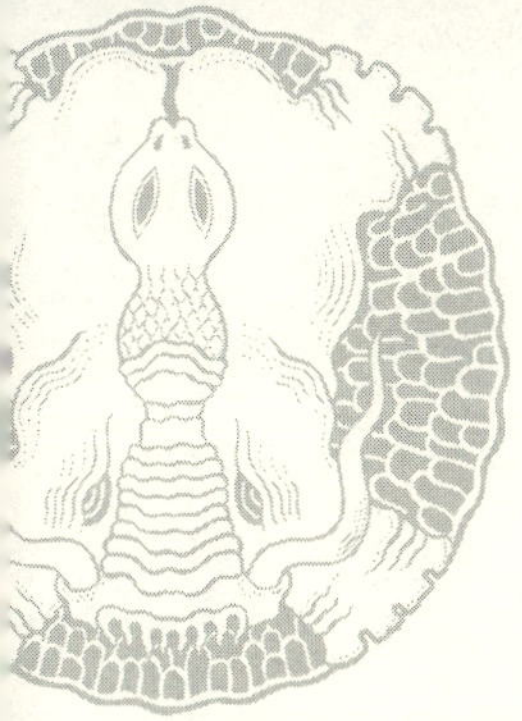

白衣の女たちが部屋に入ってくるとそう言った。

否も応もないのだ。

女たちはたちまち私の下半身を露出させ、濡れた布で陰部から尻までをごしごしと拭いていく。まるで川で洗濯をするインドの女たちのように、陽気に話をしながら拭いていく。

はい、こっちを向いてくださいな。

今度はこっちを向いてくださいな。

女たちは私の身体を右へ左へと転がす。

私は何とも無様な恰好で、されるがままだ。

羞恥などないのは、それがあまりにも無意味だからだろう。私はいつの間にか私を見ている。邪魔なだけの老犬でももっと意味のある存在だ。私は誰も躓《つまず》くことのない石だ。誰も濡らすことのない水滴だ。

はい済みました、と言われるころには、それでもそれなりに快適であったりする。口惜しい。

気がつかなかった。

いつの間にか、私の前に不機嫌な顔の老人がいる。

車椅子に座った黒衣の死神。

「まったく君は面白い」

京極堂は言った。

黒の着流しに黒の羽織、黒の手甲《てっこう》、黒足袋《たび》に黒下駄。異様な風体《ふうてい》だ。そうだ。いつも憑物を落とすときのあの衣裳。

「君には真言も祝詞《のりと》も九字《くじ》も必要ない。必要なのは理解だよ。しかし最後まで僕が迷ったのは、憑かれることを君が望んでいるかもしれないということだ。妄想とは絶望への最後の切り札なのだよ。それは個人的な現実だ。しかしこの世に個人的でない現実などあり得ない。ならば、共感を得られない主観であろうと、それをそれとしてそのままにしておくことも悪ではない。いや、いっそそれを暴こうとする幼い正義感こそ悪なのかもしれない。そう思って今まで迷っていたのだ」

迷うなどということは京極堂に相応《ふさわ》しくない。この男にしてもやはり老いたのだと思う。そんな感慨なら持てるのだが、もしかしたらあの日のまま煮立っていたかもしれない私の脳髄は、京極堂のややこしい話を小指の先ほども理解できていない。多分京極堂もそれを知っている。知っていて、なお話を続ける。

「自他不二の説明はこの間した。簡単に言うなら、自己と他者の区別が失せることなのだよ。禅で言う他者とは、自己でないすべて。つまりは世界であり自然だ。自己は自己でないすべてによって自己と定められる。その自他が失せること、自然と自己が一体となることが、まず自他不二の意味なのだよ」

私には何を言っているのかさっぱり判らない。何よりも、何故京極堂がこんな事を私に説明しているのかが判らない。

「さて、自己でないものすべての中に、他者がいる。どうやら自己と同様の内面を持っているのではないかと思わせる、しかし絶対的に自己には属さないもの。それが言葉通りの他者なのだ」

「私でない誰かが他人なのは当たり前じゃないか」

ようやく感想じみたことを言えた。

「その当たり前の所から話を始めなければ、君に判ってもらえそうにないからそうしているんだ。黙って聞きたまえ」

叱られた。

「臨済《りんざい》宗の祖である臨済義玄《ぎげん》が河北府《かほくふ》に行ったときのことだ」

いきなり聞き慣れぬ単語が羅列される。いつものことではあるが面食らう。

「麻谷《まよく》和尚《おしょう》が『千手千眼の観音の眼はどれが正眼か』と尋ねた。すると臨済は反対に『千手千眼の観音の眼はどれが正眼か、さあ言え』と迫る。と、麻谷は臨済を高座から降ろし、自分が座った。そうすると、今度は臨済が麻谷に近づき『ごきげんいかが』と言う。麻谷が答えようとすると、その手をもって高座から降ろし、再び自分が席に着いた。麻谷は外に出ていく。そして臨済も席を降りた。これは『臨済録』にあるエピソードだよ」

「二人とも、頭がおかしいんだ」

その日何度目かの、京極堂の呆れ顔を見た。

「千眼の観音の眼はどれが正眼か、という問いは、真実の智慧の働きとはいかようなものか、という問いだ。観音の眼とは『行深《ぎょうじん》般若《はんにゃ》波羅蜜多《はらみた》』の目だからな」

だからな、と言われても困る。だが困った私を無視して話は進む。

「それに対し麻谷は臨済を席から降ろし、自分が座る。主人と客が入れ替わったわけだ。すぐに今度は臨済が客となり『ごきげんいかが』と挨拶をすると、再び席を交代して主人と客は入れ替わる。臨済も麻谷も、ともに自他不二を知るからこそ、すべては自然に行われたはずだ」

何だか判ったような判らないような話だ。やはり私は、二人の頭がおかしかった、という説明の方が納得できる。

「良いかい。自他不二とは、深い洞察と行の末に行き着く答えだ。だからこそ意味がある。しかしこの世には、自他の垣根があらかじめ低い人間がいるのだ。

そのような人間にとっては自他不二とは自明。いや、修行の末に得たものではないために、その結果に振り回されることになる」

　確かに何も脈絡なく自他が一つになったら混乱するだろう。

「そして君は、見るという行為で主体であると同時に客体となる、希有《けう》な能力の持ち主だ」

「いったい、君は何を言おうとしているのだ」

「憑物を落とすのさ、榎さん」


「あんたはその〈見る力〉によって、あの日主客を見失ったのだ」

　くらくらと目眩がした。

　もともと横になっているから、倒れはしなかったが、目を閉じていても世界が回る。

　そして見えた。

　夏の暑い昼。あの日の境内。

　相談があるからと呼び出されたのだ。

　あの森へ。

暗い森の中へ。

しかしその日、約束のことなどすっかり忘れていたのだ。

その内思い出しはしたが、出掛けるのは面倒だった。どうせ大した用事ではないと思っていた。いつだってそうだからな。それでもふと、今日は市が立つ日だということを思い出した。ついでに、と思い家を出たのだ。

そして、森の中へと。

照りつける太陽に、酔ったようにふらふらしながら。

待ち合わせからもう一時間以上過ぎていた。

五分ほど歩いて、ふと前を見た。

気配を感じたからだ。

関君は木にぶら下がって、振り子のように揺れていた。

絞められた喉から、きぃいきぃいと甲高《かんだか》く弱々しい悲鳴が漏れている。

死に切れていないのだ。

だが、死はすぐそこまで迫っていた。

そして、見たのだ。

僕は死の記憶を。

「あんたはおそらく死の直前の関口と出会った。関口は長く鬱病で悩まされた

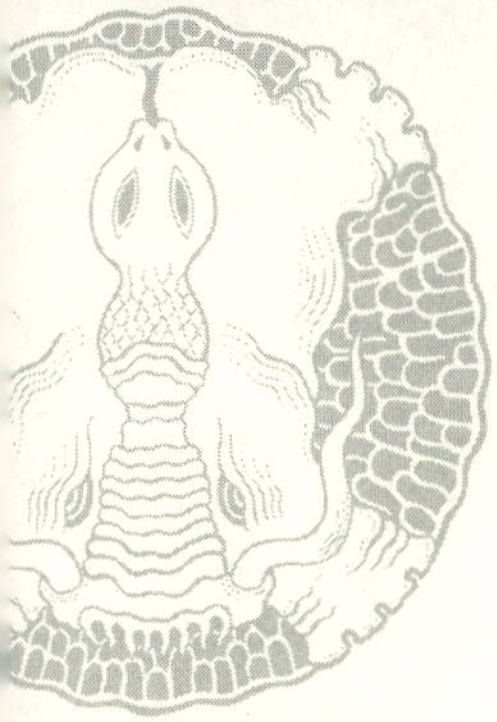

あげくの自殺だった。直前にあんたに連絡を取ろうとしたのが彼の弱さだ。そしてあんたにしたところで、さすがに若い頃のような耐性を持ち合わせてはいなかった。死に至る記憶、それは死そのものだったのだろう。それをあんたは〈見た〉。死を体験するのと変わらぬ行為だったろう。そしてあんたは主客を見失ったのだ。それからはあんたの中に関口の亡霊が居座ることになった。死の記憶とともに。

その夜に、あんたはふらふらと家に帰った。裸足《はだし》だった。血の足跡がついていたが、一度部屋にこもったら二度と出てこなくなった。しかも誰も入ることを許さない。

両親を亡くし、あんたに忠告を出来る人間などいなかった。もちろんあんたが使用人の言うことなど聞くはずもない。僕に寅吉から連絡があったときには、二週間近く経っていた。

痩せ細ってろくに栄養を摂っていなかったあんたの脚は、両脚とも壊疽《えそ》を起こしていた。酷い臭いだったよ。裸足で歩いて帰るとき、両足の裏を深く切った。あんたはずっと糖尿病を患っていた。それに栄養不足が輪を掛けての結果だった」

「脚が……ないのか」

「ないな。両脚とも膝の少し下から、ない。それだけのことなら、あんたに告げることを躊躇したりはしない。あんたは強い男だからな。問題は主客を見失ったことだ。あんたは関口であり榎木津だった。そして死を生きたまま経験するという行為が、混乱を呼び、混乱が老いた人間の脳をかき乱した。痴呆、最近では認知症と言うが、あんたは日々少しずつ記憶と共に、かつてあんたであった部分を失っていく。

　幸いあんたには有り余る財力がある。病院であんたはずっと暮らしてきたのだ。死んだ関口の記憶と共にね。もう五年になる」

「残念だ」

「何がだね」

「僕には何もわからない。絶望を感じる力もないようだ。ただひたすら怖いよ」

「怯えさせるつもりはなかったのだが、決断せざるを得なかった。何しろ僕も膵臓癌《すいぞうがん》とやらがあちこちに飛び火した状態でね。あまり時間がない。あんたのことだけが気掛かりだった」

「勝手な男だ」

「そうだな」

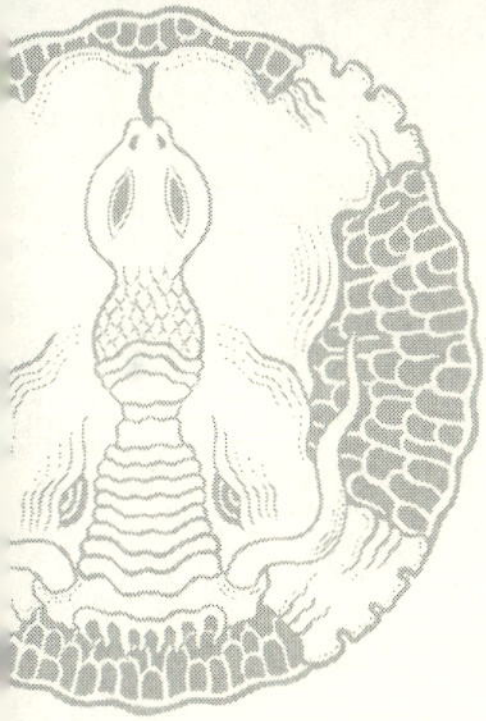

何故か京極堂は、満足そうな笑みを浮かべる。

「今はもうあんたの目はほとんど見えていないはずだ」

僕は首を傾げた。

見えている。

「白内障が進行して、一度手術も受けたのだがね、術後はあまり芳《かんば》しくなかったらしい」

「しかし、今」

「あんたの目はほとんど機能していない。あんたが今見ているのは、あんたの特別な力で見ている、こぼれ落ちた記憶だ。今あんたは『かつてここであったこと』しか見ることが出来ない。今あんたに喋りかけている僕にしても、現実にはもうあんたの前にはいない。どれだけの差があるのかは知らないが、もう死んでいる可能性だってある。だからいずれにしろ、これが最後の憑物落としだよ。せっかくだ。効果があるかどうかはわからないが、死者を甦らせる力すらあるという神呪《しんじゅ》、布瑠《ふる》の言《こと》を唱えてやろう」

車椅子に座ったまま、京極堂は深く礼をした。そしてゆっくりと顔を上げると、荘厳な良く響く声で祝詞を唱えだした。

「ひふみよいむなやここのたり、ふるべ、ゆらゆらとふるべ」

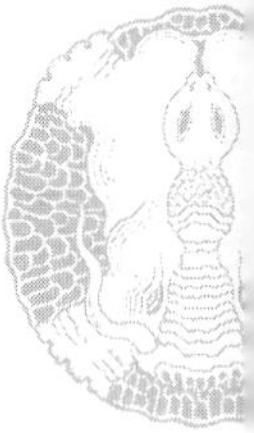

気がつけばその姿はもうない。

ふるべ、ゆらゆらとふるべ。ふるべ、ゆらゆらとふるべ。ふるべ、ゆらゆらとふるべ。

その声だけが、まだ頭の中で響いている。

――関君、まさかこの歳で君と同衾《どうきん》するとは思わなかったな。

笑っている。

どう考えて良いのかわからないが、つまり私は……。

――化け物だよ。僕の身体に取り憑いた妖怪変化だ。

私はいったいどうすれば良いんだろう。

――もう終わりだよ。京極堂から聞いただろう。君はもう僕から失せる。

そうなのか。

――そうなのだ。

まさか京極堂に憑物として落とされるとは思ってもみなかったよ。

――いやあ、なかなか君は妖怪に相応しい容貌をしているぞ。もっと自覚すべきだったな。しかしもう遅い。僕はだんだん判ってきた。あの森で何を見た

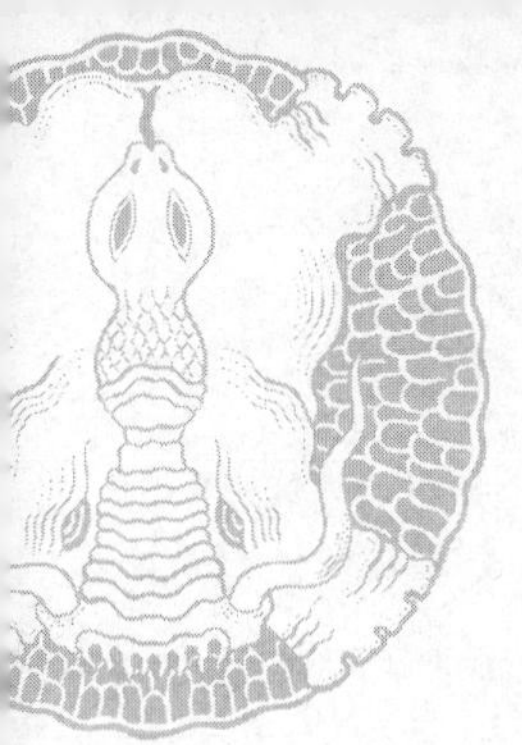

のか。それからの五年間をどうやって過ごしたのか。判るにつれて君の姿がどんどん失せていく。

ありがとう。榎さんには結局いろいろとお世話になったよ。ありがとう。

——殊勝なことを言う猿に角砂糖でもやろうかと思ったが、あいにく持っていない。今度会うときまでに用意をしておこう、関君。関君？　関君…………失せたか。

もう百舌鳥の声は聞こえない。

そして僕は目を閉じた。

曖昧な世界が目前から消える。

そして世界の記憶が立ち上がる。

記憶の中の僕は、小さな小さな子供だった。

さようなら世界。

消えていったすべてのものに、僕は頭を下げた。そしてそれから、ゆっくりと目を開いた。

粗忽の死神

柳家喬太郎

◉やなぎや・きょうたろう
1963年東京生まれ。1989年柳家さん喬に入門、
2000年に12人抜きで真打ち昇進。
2006年、平成17年度芸術選奨文部科学大臣新人賞
《大衆芸能部門》受賞。

一

いっぱいのお運びで、誠にありがたく御礼を申し上げます。

あたくしの方は京亭三茶久《きょうていさんちゃく》と申しまして、京亭八橋《はっきょう》の三番弟子でございます。本日はあたくしの独演会ではございますが、初めての方もおいでと存じます。顔と名前だけでも覚えて頂ければ幸いでございますが。

えー、困ったときの神頼み、なんてえことを申しますが、ひとくちに神様と申しましてもいろいろでございますな。中にはあんまりありがたくない神様ってえのもいらっしゃる。

貧乏神、疫病神《やくびょうがみ》、風邪の神。

死神、なんという。

こりゃあ、あんまりありがたくない神様でございますが……。

「……おい。…………おい」

「ん？　……な、なんでえお前は」

声のする方を振り返りますとそこにおりましたのは、年の頃なら八十いや九十、へたぁすると百にもなろうかという爺さんで。

たいそう小柄で痩せこけておりまして、頭に生えておりますのはこりゃあ髪の毛てんじゃあない、数えられるくらいの産毛がぽやぽやっという塩梅《あんばい》で。顔から体から土気色、どぶ鼠色の着物を身にまとい、ぼろぼろの荒縄で腰んところォきゅっと結んでいる。だらしなくはだけた胸元からは、あばらが浮いて見えようという。頬はすっかりこけておりますが目……と申しますより、眼球でございますな。異様な光をたたえた眼球ばかりが、ギョロッ……ギョロッ。竹の杖にすがった、なんとも薄気味の悪い老人で……。

「なんでえ、お前は」

「俺ぁ……死神だよ」

「死神だぁ？　じょ、冗談言うねえ。死神なんてえのが、本当にいる訳ぁねえ」

「お前は口ではそう言うが、腹ん中じゃあ俺が死神だってえことを、もう信じてる」

「そ……そんな事が分かるのかい」

「見くびっちゃいけねえ……あんまりありがたがられねえが、こう見えても八《や》百《お》万《よろず》の内だよゥ。そのぐれえの事ぁ分からあ」

「……気味が悪いなぁ……その死神さんが、俺に何の用があるんだよォ……！」

「実はお前に頼みがあってな」

「頼み？　死神さんが？　俺に？」

「そうだ」

「ちょ、ちょっと待っつくんねえかな、神頼みってなぁあるよ。けど神頼まれってのは聞いた事がねえ」

「まぁそう言わず、話だけでも聞いてくれぃ……実ぁな。お前に頼みてえってのは、憑物落しだ」

「生理不順か？」

「月のものじゃねえ……憑物落しだ」

「憑物落しィ？　……なんでえ、憑物落しってえのは」

「知らねえか？」

「知らねえ」

「この世にはな、魑魅《ちみ》魍魎《もうりょう》ってやつが山ほどにいてな、時折そいつが、人に憑くのよ」

「狐憑きみてえなもんか」

「まぁ、お前がそれで分かり易けりゃ、そんなようなもんだと思ってて構わねえが……なに狐や狸ばかりじゃねえ、姑獲鳥《うぶめ》だとかな、邪魅《じゃみ》だとか、そういった妖怪変化が、人に憑くのよ」

「じゃみ……ってのは知ってるよ、あれ元は宇宙飛行士だったんだよな」

「それはジャミラだ……怪獣は憑かねえ」

「そんなことないよ、フェミゴンはねぇ」

「ちょっと待て……なに興奮してんだお前。今はウルトラ怪獣の話をしてんじゃねえや」

「あ、済まねえ。つい好きなもんだから……で、なんだっけ？」

「頼りねえなオイ……憑物落しだ。人に憑いた魑魅魍魎を落とすんだ」

「はぁ」

「それをお前に頼みてえ」

「へ？」

「憑物落しをしてもらいてえのよ」

「……俺に？」

「そうだ」

「えーっ!?　できねえよ俺そんなの！」

「お前の商売はなんだ」

「噺家《はなしか》だよ。落語家」

「落とすのはお手のもんだろう」

「……洒落《しゃれ》かよオイ！」

「洒落だけならクリーニング屋でもいいんだけどな、まぁそうもいかねえ」

「噺家なら他にいくらもいるだろうよ」

「噺家云々は洒落だよォ。俺の頼みは洒落じゃねえんだ」

「な、なんで俺なんだい」

「本当は京極堂に頼みてえんだけどな」

「え、ヤクザ？」

「極道じゃねえ京極堂だ」

「何だか知らねえけど……じゃあそっちィ頼みゃいいじゃねえか」

「お前に頼むんだ」

「だけど、美味納涼の……」

「魑魅魍魎だ。美味納涼は、枝豆だ」

「落とし方なんて知らねえよ。何を、どう落としゃいいんだい」

「実はなぁ、落として欲しいのは……俺なんだ」

「へ？」

「俺を落としてくれ」

「ちょ、ちょッ、ちょっと待っつくれ。言ってる意味がよく分からねえ」

「お前も噺家なら、〝死神〟って噺は知ってるだろう」

「知ってるよ。俺今、稽古してるんだ」

「あの噺ん中で、病人の足元に座ってる死神は呪文で落ちるが、枕元に死神が座ってる病人は、寿命が尽きるんだからどうしたって助からねえ……ってえだろ。そうなんだよ。俺達はな、人を殺すのが仕事じゃねえ。死にゆく人間の、いわばナビゲーターが役目なのよ」

「なるほど」

「ただ落語では、病人の足元枕元ってえがな、病人ばかりに憑くとは限らねえ。丈夫な野郎には、背中ィこう、へばり憑く」

「へぇ」

「そいつは、寿命が尽きる奴だ」

「うん」

「ところがなぁ……俺、間違えちゃってなぁ」

「は?」

「憑く奴、間違えちゃったんだよ」

「そっ、そりゃ、どういう……？」

「恥ィ話すようだが、俺は昔っから粗忽《そこつ》でなぁ」

「はぁ？」

「そんなにそそっかしくちゃ、いつかとんでもない間違いしでかすぞ！　なんてなぁ、よく仲間にも言われてたんだが……いやー、やっちまったなぁ……ハッハッハ」

「わ、笑い事じゃねえんじゃねえの？」

「そうなんだよ。笑い事じゃねえんだ。憑くべき奴に憑かねえで、憑くべきじゃねえ奴に憑いちまった」

「と、そッそれ……どうなるんだい」

「そりゃ死神が憑いてんだ。俺が取り憑いちまった奴は、死ぬよ」

「だっ、だけどさ、枕元の死神は仕方ねえが、足元の死神なら助かるってえじゃねえか。間違って憑いちまったんなら、憑かれた人はまだ寿命じゃねえんだろ？　だったら、いくら死神さんが憑いちまったって、その人は死にゃあしねえんじゃねえのか？」

「さぁ、そこが落語と違うところでなぁ……。現実には、俺達死神に憑かれたら、そいつは死ぬんだ」

「そっ、そんな理不尽な！」

「俺も弱っちまってなぁ……。間違って憑いちまった奴を、俺のせいで死なしたくねえんだよ。かと言ってな、いっぺん憑いちまったものは、自分からは落ちられねえんだ。そこで、お前に憑物落しを頼みに来た」

と、ここまで申し上げてまいりまして、勘のいいお客様はもうお気付きでございましょう。えぇ、そうなんでございます。この、死神と話してる噺家って な、あたくし、三茶久でございまして……。

それに致しましても、摩訶不思議な話があるもんで。なんてんですか、あたくしもう、なんかこう、ぼんやりしちまいましてね。

「どうした。……ボーッとしてるな」

その声にハッと我に返って、

「あ、あぁ……いや……」

「無理もねえや。いきなり現れたジジイが死神を名乗って、常識じゃ考えられねえような話をしてんだからなぁ。そりゃ、俄《にわか》には信じられねえだろうよ」

「……ん……うん……」

「でもまぁ、頼まあ」

「だけどよ……ちっとおかしくねえか……？」

「何がだい」

「だって死神さんは、間違った相手に取り憑いちまって、落ちることができねえで困ってんだろ?」

「そうだ」

「だったら……ここにいて、俺と話してるってのは、変じゃねえか」

「そう思うのはもっともだ……だがな、ここにいるのは、俺の実体じゃねえ。分身というか、念というか……いわば、俺の影だ」

「影?」

「そうだ。俺の実体は……まぁお前らから見りゃ、実体だって影みてえなもんだがな。俺自身は、そいつに取り憑いて落ちねえままだ」

あたくしはなにがなんだかもう、頭がクラクラするようで……。

「なんだかなぁ、もう……俺ぁなんだか、夢でも見てるようだよ……」

「……夢だぁ?」

死神はニヤッと笑うと、

「そりゃお前……これは夢だもの」

ハッとして……そこであたくし、目が覚めたんでございます。

いやはや、薄気味の悪い夢を見たもんで。しかし、この夢がこの噺の始まりでございました。

この続きはまた、このあとの江戸曲独楽《きょくごま》をお楽しみ頂きましてから、申し上げます。

二

えぇ、お付き合いを願います。

「お疲れさまでございました！」

「お疲れさまです！」

「お疲れさまでした！」

その日も寄席が終演《ハネ》まして、楽屋の声に送られて、外へ出ました師匠に、あたくし、付いておりました。

夜の部のトリは手前どもの師匠、八橋でございました。

これがまたあろうことかあるまいことか、その日、うちの師匠がトリで演じましたのが〝死神〟でございます。

……ねぇ。なにしろ、あんな妙な夢ェ見た、その日の晩ですからねぇ。

あ、これ、さっきの噺の続きですからね、お客さん、ついてきて下さいね。

……偶然には違いないんでしょうが、まさかねぇ、その日の夜に〝死神〟を聞こうとは思いませんでしたよ。また師匠の出来が良くってね。いつも以上にゾッとしました。

師匠のうしろを、ぼんやりついて歩いておりますと、師匠がクルッと振り返って、

「三茶久」

「え？　あ、はい」

「どうかしたか。今日なんかボーッとしてないか？」

「あ……はい……」

「メシでも食ってくか」

「ありがとうございます」

メシったって、まぁ呑むんでね。あんまり騒がしくない居酒屋ィ入りまして、じゃあってんで生ビールをふたつ、でまぁ、適当になんかこう、頼みまして。寄席は二軒掛け持ちで、トリでみっちり演《や》りましたから、喉が渇いてたんでしょうね、師匠はこう、ぐびッ……ぐびッ……とねぇ生ビールを、また旨そうに呑むんだこれが。

あたくしも口はつけましたが……なんだか呑む気になれませんでねぇ……。

「どうした三茶久、呑まないのか」

「いえ、いただきます」

「具合でも悪いのか」

「そういう訳じゃないんですが……」

「まぁ、無理しない方がいいや」

なんつってね、お通しの、小《こ》鯵《あじ》の南蛮漬けやなんか、食べてるン。そこへこう、枝豆やらホッケやら、ゲソの唐揚げなんかが来まして。師匠が頼んだ二杯めの生が来たところで、

「……師匠」

「なんだ」

「なんで今日、〝死神〟お演りになったんですか」

「なんでって、お前がいたからだよ」

「えッ⁉」

あたくし、ビクッ！　としましたね。

「な、なんでですか⁉　あたしがいたからって」

「だってお前、こないだ〝死神〟稽古つけてやったばかりだろ？　今日お前楽屋に残ってたしさ、ちょうどいいから、客前で演ってるの聞かせてやろうと

思って」

「あぁ……そういうことですか……ありがとうございます」

「なんだよ。〝死神〟がどうかしたか」

「はぁ……実は……」

それから、今朝見た嫌な夢の話を、師匠に致しました。我ながら、よほど強く印象に残ってたんでしょう。やけに細かいところまで覚えてましたんで、それを全部、師匠に話しました。

ホッケをつつき唐揚げを齧《かじ》りしながら、師匠はフンフンと聞いてくれておりましたが、やがてのことに、

「ハッハハハ、なるほどそうか！　それでお前、気味が悪くてぼんやりしてたのか。なんだ気が小せえなぁ！　ハハハ、夢だ夢だ、気にすんな気にすんな！」

って……言ってくれると思ったン。

ところが、へんにマジなんですよ、師匠。

あたくしの話を聞き終わると、便所へ行って帰って来て、生ビールをひとくちぐびッと呑んでおもむろに、

「お前……うちの一門の亭号が、なんで京亭っていうか、知ってるか」

「……は？」

全然関係ない話になったんで、ちょっと面食らいましたが、

「いえ……知りません」

「俺の師匠……つまりお前の大師匠は、楓家《かえでや》朱蔵《あけぞう》だよな。だからまぁ、京亭ってのは楓家の流れになるんだが……ただな、そんなに古くからある亭号じゃねえんだ。戦後、昭和三十年代に出来たんだ」

あたくしの師匠は、三代目の八橋でございます。小さい一門ではございますが、八橋ってのは一応、一応ってこともございませんが、京亭の総帥の名前でございまして、京都の八ツ橋の洒落なんだそうです。

ちなみに現在の八橋一門、総領《そうりょう》が呈橋《ていきょう》と申しまして京亭呈橋、上から読んでも下から読んでも、キョウ・テイ・テイ・キョウという、これは京亭では八橋の次に大きい名前でございます。二番弟子が八《や》つ次《じ》、三番めのあたくしが三茶久。これはうちの師匠が、半分、遊びでつけてくれた名前でね、京亭三茶久。

競艇三着って洒落なんだそうで……。

「上方の一門でもねえのに、京亭ってのはおかしいと思わねえか？」

それはあたくしも感じてたことで。ただ、なんとなく訊かずに今日まで過ごしてきたんですが……。

「これはな、京極堂の京、だよ」

きょうごくどう。……京極堂⁉

「し、師匠。京極堂、って……」

「うん。お前の夢の中で、死神が口にした名前だよ。先々代の八橋、初代の師匠がな、箱根の仙石楼《せんごくろう》って旅館に、座敷の仕事で呼ばれて行ったとき、縁ができたんだそうだが……。贔屓《ひいき》にしてもらったんだかどうだか、そのへんは知らねえけど、とにかく初代が心酔してな。許しを得て、一字を頂いて、京亭を名乗るようになったんだそうだ。まぁ、八橋は八ツ橋の洒落だがな」

それから師匠は、京極堂って方の話をしてくれました。今日お越しのお客様方は、もう先刻御承知でらっしゃいましょうから、詳しいところは省略を致しますが、なにしろすごい方らしいですな。恥ずかしながら、あたくしはちっとも存じませんでした。

「へぇ……なんだかすごい方なんですねぇ」

「初代が心酔するだけのことはある」

「でもそれだけの方なら、死神もそっちに頼めばいいのに……」

「だけどなお前、生きてりゃもう大変な年だぜ。生きてるか死んでるかも……少なくとも、俺は知らない」

「そうですよね……。ま、なんでもいいんですけどね。どうせ夢ですし」

あたくしもビールをぐびッと呑んだ。師匠は意味ありげにニヤッと笑うと、

「……夢じゃないかもしれないぞ」

「……え？」

「夢じゃねえかもしれねえっての」

ジョッキの残りを呑み干すと、師匠はウーロンハイの濃いめを頼んで、

「実はなぁ……うちは、憑物落しの一門なんだよ」

「……はあ？」

声を潜めて言う師匠の顔が、ちょっと悪戯っぽく見えたもんですから……、

「師匠……酔ってるんですか？」

「馬鹿言え。これぐらいで酔うもんか」

来たウーロンハイをちびっと舐《な》めると、

「うわ、ほんとに濃いなこりゃ」

あたくしは黙って、師匠の次の言葉を待ちました。師匠は煙草に火をつけると、

「誤解すんなよ。落語の一門に見せかけて、実は憑物落しが本業の一門だ……って意味じゃない。本業は、もちろん落語だ。ただなぁ、先々代が……初

代の八橋って人がな、京極堂さんにひかれるぐらいで、憑物だとか妖怪だとか、そういうことが好きな人でなぁ。でまた当人も、そっちの資質が多少はあったらしい。本業のかたわら、相当真面目に勉強して修業して、憑物落しをマスターしたんだと」

「マジですか⁉」

「大マジだよ。まぁ実際には、生涯のうちに二、三度、憑物を落としたことがある程度だったらしいがな。もっとも、憑物落しが出来るようになったのも、だいぶ年ィいってからだっていうから、無理もないけど。むしろそのお弟子の、二代目の師匠の方が、そっちの才はあったらしい」

「師弟揃って憑物落しですか」

「落語は初代の方が上手《うま》かったけどな。……なんてえのかな、類は友を呼ぶってのかな。そういうところにはそういう人が引き寄せられるのかもしれないなぁ……。もちろん落語の弟子で入ったんだが、二代目はどんどん憑物落しの才能を開花させていった」

「ご苦労さまです！」

声のする方を見ますと、兄弟子の呈橋でございます。

「あっ、兄《あに》さん。ご苦労さまです」

「おぅ呈橋来たか。まぁ座れ」

「師匠が呼んだんですか？」

「さっき便所行ったときにな、メールした」

「なんだよォ三茶久、来ちゃいけなかったのかよォ」

「とと、とんでもない。でもよく来られましたね。今夜空いてたんスか？」

「この近くの寿司屋でさ、御贔屓がやってくれてる勉強会でさ。会が終わって軽く呑み始めたところに師匠からメールもらったんで、こっちィ来た」

「なんだそうか。じゃそっちにいてよかったのに。悪かったなぁ」

「いえいいんスよ師匠、いつもやってる会ですしね、乾杯は付き合って挨拶も済ませて来ましたから。それよか、なんか用スか？」

「いや実は、三茶久がな……憑物落しに目覚めたらしい」

「へぇっ!?　そうなのか三茶久!?」

「ちっ違いますよ、目覚めただなんてそんな……！　師匠、勘弁して下さいよ！」

「ハハハ、実はな呈橋……」

　師匠は、かいつまんで総領に話を致しますと、

「なるほど……俺んときと似てるなぁ」

「えッ、兄さんもですか!?」

「俺んときは風邪の神だったけどな。おととし、八つ次が大風邪ひいて、こじらせたことがあったろ」

「あ、えぇ」

「あんとき、俺の夢に風邪の神が出てきてなぁ。まさかと思ったけど師匠に相談して……俺は元々、憑物落しにも興味があったんだけどな。そんとき才能を開花させて、俺の憑物落しで、八つ次の風邪を治したんだ」

「マジっスか!?」

「……あれは薬で治ったんだろうよ」

「師匠違いますって！　俺が落としたんスよ、八つ次の憑物！」

「分かった分かった、じゃあまぁ、そういうことにしといてやるよ。しかしなぁ……三茶久の夢が、単なる夢ならいいんだが……本物の死神が出て来たってことになると……ちと厄介《やっかい》だなぁ」

「厄介って……」

　ことは死神、憑物落し。厄介って言葉ぁ穏やかじゃあない。あたくしは、言いようのない不安に駆られまして……。

「あたし……死んじゃうんですか……？」

「へ？」

「死神に取り憑かれちゃったから……死んじゃうんですよね……？」

「何言ってんだ」

「師匠、厄介って言ったじゃないですか」

「言ったよ」

「……死神で厄介ったら、死ぬってことじゃないスか」

「落ち着けって」

「おい、三茶久」

「兄さんはいいスよ、風邪の神だし。俺、死神っスよ！　フェミゴンの方がマシっスよ！」

「馬鹿お前、フェミゴンは怖いぞ」

「ヤプールの方が怖いっスよ」

「あぁ、ヤプールはしつこいからな」

「ちょっと待てお前ら！　なんの話をしとるんだ!?」

「あ、師匠」

「すいません……」

「ったく、お前らは放っとくと怪獣の話になるんだから……。三茶久」

「は、はい」

「なにしろ落ち着かなくちゃいけねえ、いいか？」

「はい……」

「勘違いするなよ、死神はお前に憑いてるわけじゃない。憑き間違えた自分を落としてくれと、お前に頼みに来たんだ。そうだったよな？」

「……そうでした」

「だったら怯えるこたぁない。その死神を落としてやりゃあいいだけのこった。……で、どこの誰に憑いてんだ」

「は？」

「どこの誰に憑いてんだよ、その死神さんは」

「……あ」

「どうした」

「いや、それが……」

そこであたくしは大変な事に気がつきまして。

そうなんです。肝心の、どこの誰に間違って憑いたのかを、聞いてなかったんでございます。

「えっと……聞いてないんで……」

「なんだ聞いてないのかよお前!?」

「しょうがないじゃないスか兄さん、聞く前に目が覚めちゃったんですから……」

「う〜ん……でもそれじゃあ、手の施《ほどこ》しようがないなぁ……」

「いや、意外と……そうでもないかもしれないぞ」

「えっ？」

「どういうことですか、師匠」

「今回は、普通の憑物落しじゃねえ。憑物の方で、落としてくれって言ってんだ。ましてや相手は魑魅魍魎じゃねえや、死神とはいえ神様だ。放っておいても、目の前に現れるように、導いてくれるかもしれねえぞ」

「あー……」

「なるほど」

「分からねえけどな。しかし、もしお導きがなかったとしても、死神さんまた夢に出てくるだろうよ。そしたらそんとき、訊きゃあいいや。今朝お前の見たのが、単なる変な夢でなきゃ、な」

「はぁ……でも、師匠」

「なんだ」

「どこの誰かは分かったとしても……一番肝心な、憑物落しの方法が、分からないんですが……」

「あ、そうだよな」

「さぁ、そこだ……なぁ。教えましたハイ出来ました、ってもんでもないしなぁ」

「師匠は憑物落し、出来るんですよね」

「まぁな。だから二代目の弟子でもないのに、三代目の八橋を貰えたんだ。八橋名乗ってるぐらいだからな」

「じゃあ、師匠……お願いできませんか」

「なんだ、お前の代りに、死神落とせってのか？」

「……はい」

「ん〜……いや、そりゃ駄目だ」

「なぜですか？」

「だってお前、死神さんは、わざわざお前の夢に出たんだぜ。憑物を落とせる俺の夢に出ないで、わざわざお前の夢に出た。そこにお前、何か意味があると思わねえか？」

「そうだよ三茶久、俺の夢にも出なかったぜ」

「まぁ、呈橋の夢には出ないだろ」

「いえ師匠、僕だってですね、八つ次の風邪の神を」

「分かった分かった。なぁ三茶久、その夢をお前が見た、ってところに、意味があるはずだ。こうなったら、腹ぁくくれ」

我が師匠に、そうまで言われたんじゃあ、もう仕方ありません。

「分かりました。でも……どうすれば」

「明日、家《うち》ィ来いや。とりあえずの即席だが、教えられることは教えてやらぁ。十時でいいや」

「はいっ」

翌日は憑物落しの稽古ってことになりましたが、のんびりもしておられません。憑かれなくってもいい死神に、取り憑かれちまってる人がいるんですから。

その店は師匠にご馳走になりまして、表へ出た。師匠と別れると兄弟子が、

「な、な、軽くもう一軒つきあえよ。な?」

呈橋兄さんていつもそうなんです。一軒じゃ済まないんですよね。

次の日のこともあるから、正直断わりたかったんですが、

「はい、ありがとうございます」

ついつい、そう言っちゃった。といいますか、口が勝手に、そう動いてた。

まあ軽くならいいか……ってんで、あとからついてヒョコヒョコと。
呈橋兄貴が時々行くという、近くのスナックにまいりましたというお噺は、お馴染みの紙切りをお楽しみ頂きましてから、おしまいに申し上げることに致しまして……。
ここで、仲入りでございます。

三

ただいまは紙切りを御覧頂きましたが、手前の方はもう一席。もう一席お付き合いを頂きまして、お開きでございます。

ついていきましたのは、以前にも二、三度、呈橋が連れて行ってくれた店で。このまま帰ったらこいつ不安と緊張で眠れなくなっちまうだろうから、ちょっと気分を変えてやろう……そんな兄弟子の配慮だったんでございましょう。スナックで憑物落しの話は出ず、他愛のない仲間の噂話を肴に、水割りをチビチビと小一時間。

じゃあそろそろと店を出まして駅までの道をふらふらと。どことは申しませんが大きな神社がございます、ここ突っ切って行きゃあ近道だからと、二人して境内に入りました。

ギリギリでもまだ電車は動いている時間ですし繁華街も近い。とは申しながらも夜の神社、広い境内には人気《ひとけ》も無く、雑木の茂みも鬱蒼《うっそう》として物凄く。そう遠くもない雑踏の、音が小さく聞こえる中、ポリッ……カリッ……と響くのは……、
兄弟子がスナックからミックスナッツを貰って来てね、ポリポリ齧りながら歩いてるんですから、ヤンなっちゃう。

薄い雲越しの半月が、境内を照らすでもなく照らさずでもなくその中を、ふと現れた人影は、夜目にもそれと分かる着物姿の御婦人で、見覚えのあるシルエット。

「ん……？」

兄弟子も気付いたらしく足を止める。

「三茶久……あの人」

と、囁くように。あたくしも小声で、

「おくみさん……みたいッスね」

くみ師匠という、これは下座《げざ》さん、つまり寄席のお囃子《はやし》の師匠で、我々はいつも、くみさん、おくみさんと呼んでおりました。

手に提《さ》げている四角い箱が、三味線箱らしゅうございますから、

「三味線持ってるしなぁ……おくみさんだよなぁ」

声を掛けようとしたあたくしを、兄弟子は手で制しまして、

「待て……様子がおかしくねえか？」

確かにおくみさん、なんだかそわそわしているようで、ちょいと早足。

「おい」

兄弟子に手を引かれて傍《かたわ》らの、あれは何の木でございましたろうか、大木の陰に隠れました。

と、おくみさんの行く手を遮《さえぎ》るように現れました一人の男。四十代なかばでございましょうか、七三に分けた髪に野暮ったい眼鏡をかけましてスーツにネクタイ、何の変哲もない、真面目そうなサラリーマン風……ではございますが……なんとも、ただならぬ気配。

ハッとして立ち止まるおくみさんに、詰め寄るように男は一歩前に出る。二人がぼそぼそと話を始めたその声は、聞き取れませんがなにやら空気は剣呑《けんのん》で。兄弟子とあたくしは、気付かれないよう息を潜めて、じっと様子を窺《うかが》っておりました。

むこうの二人はだんだんに激してきたようで、次第に声が高くなり、断片的

に言葉がこちらに聞こえてくる。

「いいからこっちへ渡せよ！」

と男の声。おくみさんの三味線箱を取ろうと手を伸ばす、おくみさんはそれを拒んでこう、箱を守ろうと体をひねる。

「嫌だって言ってんでしょ！」

とその声は、確かにおくみさんには違いないが、いつも楽屋で聞いている柔かみはまるでございませんで。ドキッとするほど激しく、尖《とが》っておりまして。

あたくし達は思わず顔を見合わせて、

（兄さん、やっぱりおくみさんですよ）

（オイオイ……おくみさん、さっき俺の寿司屋の会で、弾いてくれてたんだぜ……）

「商売道具持って行かれちゃ、おまんまの食いあげなんだよッ！」

「白ばっくれるな！　独り占めする気かッ！」

激した男の顔に射す月灯り。兄弟子は、あッと声にならない声を上げて、

（マジかよ……高杉《たかすぎ》さんだよ）

（知り合いなんですか？）

（寿司屋の会の世話人の一人だよ。前回今回と来てなかったから、おかしいと

思ってたんだ）

「いいからよこせ」

「三味線だってば、しつこいなぁ！　あんたの横領した金なんて知らないよ！」

（兄さん）

（高杉さん、会社の金、横領してたのか）

（あの三味線箱に入ってるんですかね）

（横領の箱……）

（え？）

（なんでもない）

「お前だって共犯みたいなもんじゃないか！」

「人聞きの悪いこと言わないでよ、あんたが勝手に貢いだんじゃないの！」

（え〜……!?　おくみさん、男に貢がしてたんだ……！）

（四十絡《がら》みの、ちょっといい女だからなぁ）

「みっ……貢がせたのは、どこのどいつだ……!?」

「ふン、あたしは頼んだ覚えはないよ」

「お前のために俺は……人まで殺して……！」

さすがにあたくし達もぎょっとして、

（人殺し……!?）

「それだってさぁ……」

と、そんときの、おくみさんの声の冷たいったら……背筋がゾッ——と致しました……生涯、忘れられそうにございません。

「あんたが勝手にやったんだろう……？」

心なしか、含み笑いさえしているように思われましたが……それは、気のせいでございましたろうか……。

「あたしはそんなに金のかかる女じゃあないよ……？　なのにあんたがさぁ、ヤレこれをやる、あれをやるっていろいろくれるからさぁ。金だってそうだよ。一度だって、あたしの方からねだったことがあるかい？」

「それは……だって……寄席のお囃子だけじゃ、生活も苦しいだろうと思うから……」

「それが大きなお世話だってんだよ。そりゃ確かに儲かる商売じゃないけどさぁ、会社の金ぇ横領させたり、人ォ殺させたりしてまで、貢がせようたぁ思わないよ！」

「久美……なぁ、久美……」

「本名で呼ばないでよ、おくみさんって言いなさいよ」

「その金なぁ……海外へ飛んでお前と暮らそうと思って横領したんだよォ……独り占めするなよォ……俺だって独り占めしないよ、二人の金だよ……箱よこせよォ……」

「三味線だって言ってんだろ！」

「三味線の箱ならもっと長いだろ！」

「あたしと付き合っててそんな事も知らないの？　呆れたねぇ……三つ折れの三味線なの！　分解できんの！」

　大きな声じゃあないがぴしッと叩きつけるようにそう言うと、男の顔をきッと睨んで、女はそこを立ち去ろうと行きかける。その袖をぐッと摑んだ男の姿は、まるで女に取り縋《すが》るようで。

「触らないで！」

「久美……なぁ、久美……」

「やめてよ本名は！」

「久美ぃ……」

「気持ち悪いんだよ！」

　その、気持ち悪いんだよ……の言葉の途端。

夜中ぼんやり月灯り、雑踏は遠く微かに、一瞬空気の歯車が狂う。黒くて白くて灰色で、物事の輪郭がなんとなく溶ける。

おくみさんの肩越しに。

夢で逢った死神が、ぼゥ……ッと。

(兄さん……！)

(あれか？　お前が逢った死神……)

(あっ、兄さんにも見えますか⁉)

「気持ち悪いのあんた！」

おくみさんが、も一度。

ぼんやりした風景とは裏腹に、死神の輪郭が、ぐっとはっきり。

男はこう……なんてえますか、まるで瞳孔《どうこう》が開いたような顔をして、

「……気持ち……悪い……？」

ジャケットの内ポケットに手を入れて、取り出しましたのが一挺のナイフ。

ぶるぶる震えながら両手でこう、おくみさんに向かって構えたから、

(憑かれてたの、おくみさんだったのか……)

(三茶久ヤバいよあれ！　早く死神落とせよ！)

(む、無理ですよ！　明日師匠から落とし方教わるんですから！)

おくみさんハッとして身構えた。逃げるなり大声出すなりすりゃあいいと思うんですが、よしゃあいいのに、

「殺そうっての？　あたし殺したってなんにも出ないよ！」

（兄さん落として下さいよ！）

（バカ俺無理だよ）

（八つ次兄さんの風邪の神、落としたんでしょ!?）

（八つ次は薬で治ったの！）

（マジっスか!?）

（俺は落語で手一杯で、憑物落しなんて出来ないんだよ！）

　おくみさんの死神と目が合った。土気色の顔は切羽詰まって蒼白に、早く落とせ……早く俺を落とせぇ……と、目であたくしに訴えかける。

　きえぇぇぇぇ……と声にならない唸りを上げて、男が女に斬りつける、あッ！　と叫んで体《たい》をかわしたおくみさんの、着物越しに二の腕をざくッ！　箱の止めが外れまして、三味線の胴に棹、撥《ばち》やら駒がそこへばらばらッ！　二の腕から滴《したた》った血が三味線にかかる、夜目にも赤くツゥ……っ、と……。

（兄さん、血……！）

（三味の雫……）

（えっ？）

（いや、なんでもない）

ひいぃぃッ……と逃げかかる女の背中に、男はぶン！　ぶン！　とナイフを振り下ろす。ひッ、ひぃッと、からくも身をかわすおくみさん。死神もなんとか落ちようともがいている様子。情けない話ですがあたくしども二人は木偶《でく》の坊《ぼう》、足がすくんで動けません。

『おいッ……おいッ』

あたくしの耳ん中に声が響いた。どうやら死神が語りかけてきたようで。

『何してんだオイ……！　早く俺を落とせ……！』

『んな事言ったって死神さん、俺、憑物落しなんて出来ないよぅ……！』

『お前〝死神〟稽古してんだろ？』

『だってあれは落語』

『落語でいいんだ落語で……！』

落語でいい……？　落語でいいって……。

『落語で死神を落とすだろう……！』

足をとられておくみさんが転んだ。男は馬乗りになると、

『死ねぇエエ！』

大きくナイフを振りかぶる。

『早くぅうぅ！』

あたくしは思わず、

「アジャラカモクレンきゅうらいす、てけれっつのぱァ!!」

手を二つ、ポンポン！　と打った。

途端に死神がすッと離れた。男がナイフを振り下ろす、おくみさん首をぐッと曲げてなんとかかわした、耳をかすめてナイフが地面にぐさぁ……っ……！

「ひと、ひと、ひと殺しィィィ……！」

おくみさん声を振り絞るように、這うように男からのがれると、こけつまろびつ。男もよろよろと追いかける。

あたくしは全身の毛穴からどっと汗が噴き出して、その場にへなへなっ……。

ふぅ……っ、と目の前に現れた死神が、ふわふわッと宙に浮きながら……、……。

「ありがとうよ」

「……死神さん……」

あたくしが思わず口走ったのは、落語〝死神〟の中で、死神を消す呪文で

「あれでいいんだ」

「あれ……落語の……」

「落語にもところどころ真実がある。あの呪文はマジなんだよ」

「じゃあ教えてくれれば……」

「落として欲しいと願っちゃいても、現在、憑物でいる身の上で、その落とし方までは教えられねえんだ。こっちにもいろいろ、面倒な法があってなぁ」

じっとりと脂汗ぇにじませて、握りしめたナッツをポリッ……ポリッ……と齧りながら聞いていた兄弟子が、

「三茶久、あれ!!」

素《す》っ頓狂《とんきょう》な声を上げる。その指さす方を見てみると、

「えッ!?」

逃げまどうおくみさんの背中に、新たな死神が憑いている。

「えッ、えッ!?　どういうことだいこりゃ!?」

「あぁ、あれか……今憑いたあいつは俺の友達でな。あの女ぁ寿命だ。死ぬんだよ」

「だって死神さん、あんた間違って憑いたって……」

「そうだ、粗忽でなぁ……落としてくれてありがとよ」

「だったらおくみさん、まだ死ぬ筈じゃあねえんだろ!?」

「誰がそんな事言った……俺は、俺のせいで死なせたくねえ、って言っただけだ。あの女は、俺の係じゃねえんだよ。今憑いてる、あいつの担当なんだ。友達の係の女に間違えて憑いちまって、俺のせいで死なしたくなかったから、お前に落としてもらいたかったのよ」

「……そんな……！」

ああああぁぁぁっ!!

奇声が上がった。ハッとして見ると、男が勢いよく体ごと女にぶつかる。

ぎゃぁッ……！

ひと声叫んで女がそこに、どぅ……っと倒れた。その脇腹に、柄のところまで深く突き刺したナイフ、どくッ……どくッ……と血が溢れ出しておりまして……。

「ひぃぃ……！」

膝の蝶番《ちょうつがい》が外れたか、兄弟子がぐずぐずっと座り込む。目の前の出来事に訳が分からなくなりましたか、なんだか無闇に腕を振り回している。はずみで掌のナッツがばら蒔かれ、その一粒がどうした加減かポー……ンと飛んで、ふわふわ浮いている死神の頭んとこへ、産毛にふッと引っ掛かる。

「なんだこりゃあ……」

顔をしかめて呟く死神に兄弟子が、

「産毛のナッツ……」

「なに？」

「なっ、なんでもないなんでもない」

死神はナッツを払い落とすと、

「……何人もの男をさんざ食い物にして、滅茶苦茶にしてきたあの女も、とうとう運が尽きたなぁ……」

……おくみさん……そんな人だったんだ……と、ぼんやりしているあたくしの目の前から、死神がふッと消えた。

次の瞬間、おくみさんを刺し殺して呆然と腰を抜かしている男の背中に、べったりと張り憑いて、

『ふぅ……俺ぁやっと、自分の係の奴に、取り憑くことができたよ』

『へっ……そいつが……？』

『この野郎はなぁ……金を作るための強盗で、今まで三人殺してんだ。その女が四人目よ。これから捕まって、やがて死刑になる身の上だ』

我々ばかりでなくどこかで誰かがこの場を見ていて、通報したものでもございましょうか。二、三台のパトカーの、サイレンの音がだんだんに近付いてま

いります。

『だけど死神さん……なんで俺なんかに頼んだんだい……？』

『面目ねえ話だが、俺らの方の世界でも、今ちょっと役所がゴタゴタしててなぁ……調べようとしたんだが、頼みの綱の、京極堂の行方が分からねえんだよ。生きているのか死んでるのか……生きてりゃどこにいるんだか。それじゃあ誰か他に……と考えてな、呪文は落語と同じだし、落語、憑物落しとくりゃあ京亭だ。それでお前に、白羽の矢を立てたのよ』

『そうだったのか……』

おくみさんは息が絶えたか動かない。弾き手を失くした三味線が、ぼんやり月を眺めている。

あたくしはふッと顔を上げて、

『だったら死神さん……俺じゃなくて、うちの師匠に頼みゃよかったのに』

『馬鹿ぁ言え。噺は名人かもしれねえが、楓家朱蔵にゃ憑物落しは出来ねえ』

『朱蔵は師匠の師匠だ。俺の大師匠だよ』

『へっ？　お前、京亭八橋だろ？』

『八橋の弟子の、京亭三茶久だよ』

『えっ？　八橋じゃない？　……弟子ィ……!?』

死神、世にも情けない顔で夜空を仰ぐと、
『俺ぁどこまで粗忽だろ……憑物落し、頼む相手も間違えた』

或ル挿絵画家ノ所有スル魍魎ノ函

フジワラ ヨウコウ

●ふじわら・ようこう
装丁挿絵画家。1965年広島県生まれ。1995年からイラストレーションの仕事をはじめる。近作に『ネフィリム――超吸血幻想譚』(小林泰三著)など。

或ル挿絵画家ノ所有スル魍魎ノ図　フジワラ ヨウコウ

 或ル挿絵画家ノ所有スル魍魎ノ函　フジワラヨウコウ

287 或ル挿絵画家ノ所有スル髑髏ノ函　フジワラヨウコウ

289 或ル挿絵画家ノ所有スル魍魎ノ函　フジワラヨウコウ

薔薇十字猫探偵社
松苗あけみ
Akemi Matsunae
●まつなえ・あけみ
漫画家。東京生まれ。1988年『純情クレイジーフルーツ』で第12回講談社漫画賞受賞。近作に『恋愛内科25時』など。

“彼”は今何処《どこ》に
いるのかしら
しなやかな躰《からだ》
白い毛並みに
銀の斑点
もしや
美しい青年の姿になって
どこかの街に紛《まぎ》れて
いるのかもしれない——

──それは
また随分
目立つ
だろうね
銀の斑点の
大型の猫とは
はい！
うちのお嬢様が
とても可愛がっている
大切な猫で
私の不注意で
檻《おり》から外へ出て
しまったんです
心痛のあまり
お嬢様は床に
伏《ふせ》ってしまわれて
一刻も早く
探さないと
もしかして
檻…？
性質は
凶暴？
いえ！
普段は
とても
おとなしくて
こちらから
手を出すと
唸《うな》ったり
咬《か》んだり
引っ掻いたり
しますけど
…つまり
かなり
野性的と

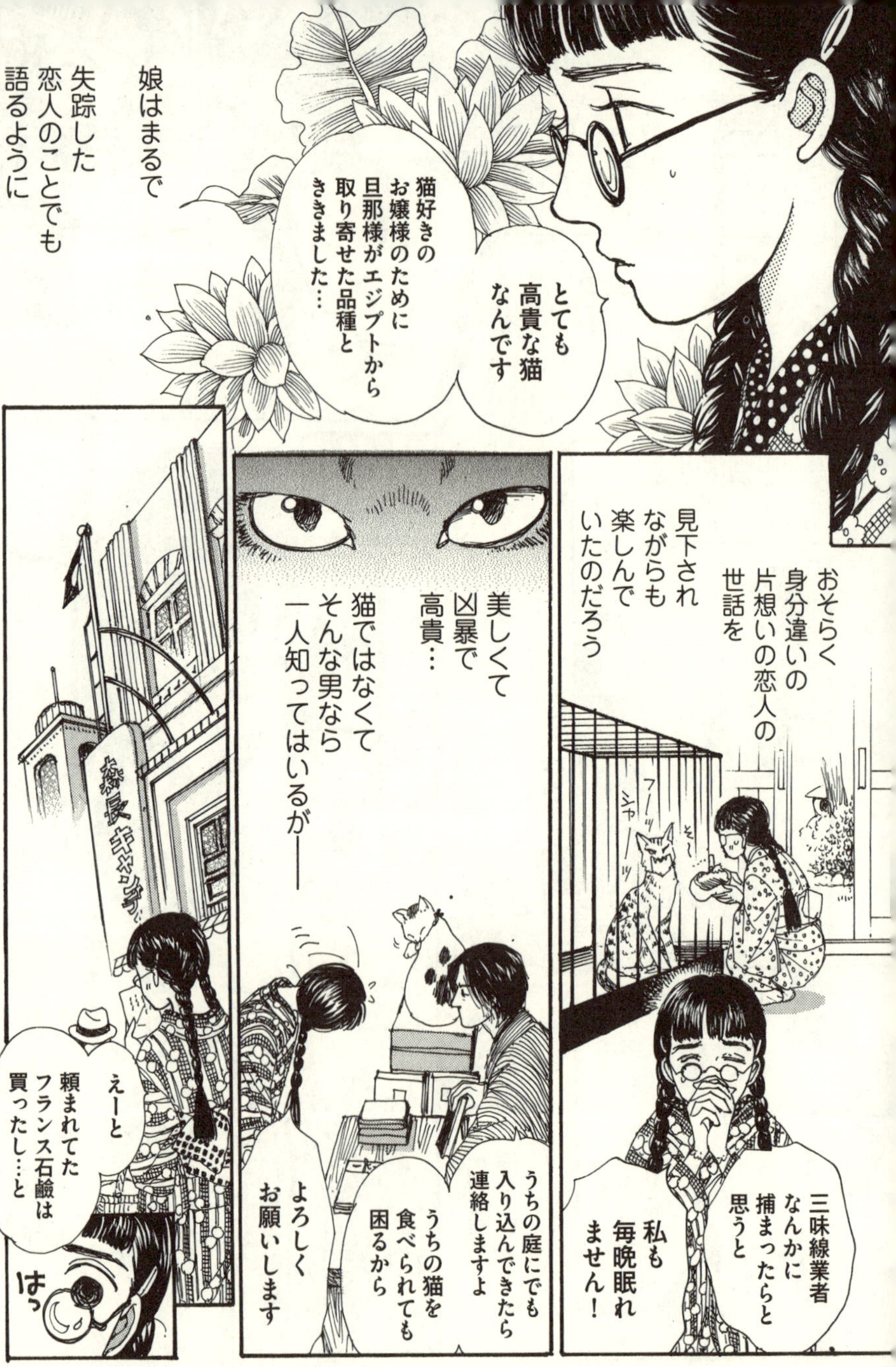
とても高貴な猫なんです
猫好きのお嬢様のために旦那様がエジプトから取り寄せた品種とききました…
娘はまるで失踪した恋人のことでも語るように
おそらく身分違いの片想いの恋人の世話を見下されながらも楽しんでいたのだろう
フーッ
シャーッ
そ～
三味線業者なんかに捕まったらと思うと
私も毎晩眠れません！
美しくて凶暴で高貴…
猫ではなくてそんな男なら一人知ってはいるが——
うちの庭にでも入り込んできたら連絡しますよ
うちの猫を食べられても困るから
よろしくお願いします
えーと頼まれてたフランス石鹸は買ったし…と
はっ

日本橋百貨店
ギギッ
百貨店
舶来品コーナー
いた!!
薔薇十字探偵社
和寅《かずとら》さん
先生は?
日本橋に
石鹼買いに
行くって
石鹼?
お気に入りの
フランス製のが
切れたんだと
はぁ〜
たしかに今
あのビルの
中にっ
くそう…
なんっ
PXにも
明治屋にも
化粧水
もういい!
直接個人で
一万個輸入だ
ガビーン
SOAP
ぎゅっ

…やっと捕まえたわ
ン？
よかった
今まで何処へいってたの⁉
な…
さ！帰りましょ
お嬢様も死ぬほど心配なさってるのよ
おい娘御
気は確かかそれとも心を患《わずら》っているのか
あるいはどこぞの女学校の演劇部の罰ゲームか
そうか！美術部で美形のモデルを捜しているのだな
ン？
この香りは
くルッ
きゃ
いきなりそんな

ふふっ
あわてなくても お邸《やしき》に帰ったら いっぱい撫《な》でて差し上げます♡
特に首筋のあたり
おい 御女中 その籠《かご》の中に
ばっ
あった!
愛用の石鹸がこんなに
お前が買い占めていたんだな この女下僕!
まあ
いつもこの石鹸で躰を洗ってあげてたの 憶《おぼ》えてるのね
いいコだわ
!!
臭かったらお嬢様に嫌われちゃう
早く帰って洗ってあげますね
おいっ 御女中
意外と力が強…
はっ
いや
そのお嬢様はお多福似
見える
この娘の記憶が
お前が洗ってるその猫は

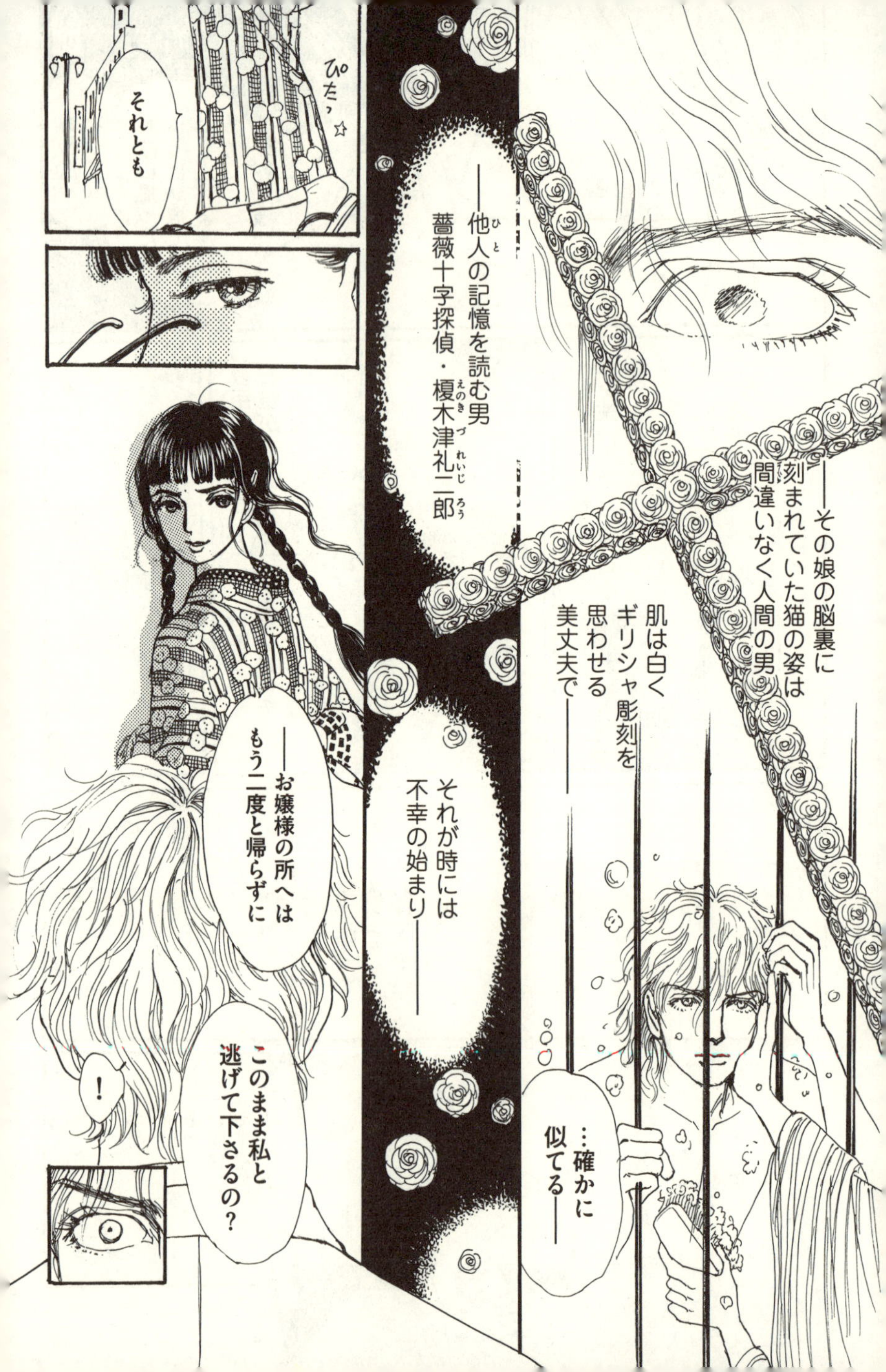
――その娘の脳裏に刻まれていた猫の姿は間違いなく人間の男
肌は白くギリシャ彫刻を思わせる美丈夫で――
…確かに似てる――
――他人《ひと》の記憶を読む男
薔薇十字探偵・榎木《えのき》津《づ》礼二《れいじ》郎《ろう》
それが時には不幸の始まり――
ぴたっ☆
それとも
――お嬢様の所へはもう二度と帰らずに
このまま私と逃げて下さるの？
！

猫が見つかった?
それはよかった
はい!
ご心配をおかけしました
でも!お嬢様には内緒なんです
内緒…って?
あと数日は自由にさせてあげたいなって思ったので
秘密の場所で私がお世話をしてるんです
自由に…って
飼い猫のいる人間にとっては恐怖だな
その猫はおそらく野生のリビアヤマネコ——
大丈夫です京極堂の看板猫の石榴《ざくろ》ちゃんを襲ったりはしません
省線に乗って行くような遠くの町にいますから
じゃあその猫は今は晴れて君の飼い猫になったわけだ

いいえ！とんでもない
私などがあの方を飼えるわけありません
あの方は誰のものにもならない
そんなこと誰にだってムリなんです
ただ私はあの方の気分のいいようにお世話するだけ
猫は〝主人〟を持たない
失礼します
お嬢様は次はオオカミ飼いたいっておっしゃってて
やめなさい
でもあの娘には御主人様が必要らしい
お前とは違うな石榴
ガサッ！

ゥウ――…！
どうして
ここに――
…石榴
気を付けろ
喰われるぞ
あいつは野生だ！
金持ちのバカが
お前の敵《かな》う相手じゃない
〝彼《ヤツ》〟を手なずけられるのは
あの娘だけ…
中禅寺さん
榎木津は？
フランスの石鹸持ってきたぞ
マルセイユ石鹸
いちおうフランス製なんだが

先生は風呂に——
とくないきなり
浴室
ドーン
！
うーん やっぱり石鹸は
フランス直輸入の薔薇印
！
京極堂のご主人
やあ京極堂
エノさん
吾輩は今猫である

名前は
まだない
名前は
〝プトレマイオス・マウ〟
〝マウ〟って
エジプト語で
〝猫〟という意味
なんですって
うちの
お嬢様は
とても
物《もの》識《し》りよ
いつも
京極堂さんで
沢山本を買うの
〝プトレマイオス・
マウ〟か
さしずめ
僕の御先祖は
クレオパトラの
寵愛《ちょうあい》を受けていた
かもしれないな
榎木津！
あの娘の
記憶を
見たのか
ほら〜
お次は食事の用意を〜
どうやら
その猫の姿は
僕にそっくりの
人間の男として
読み込まれてる
らしい
ま
迷惑だが
ちょっと
面白い
指圧マッサージまでやってくれた〜

恐い お嬢様のもとへ 返さないで いてくれるなら
恐い？
お嬢様って どんなんだ 京極堂
さあ 本はいつも 使用人の彼女が 買いに来るから
それより
〃地元でも有数の 名家なんだが 一人娘は 三十路を とうにすぎた いかず後家 いやその つまり〃
その〝プトレマイオス〟は おそらく野生の リビアヤマネコだ
〝本物〟は うちの近所を まだウロついてる
はやく 捕獲しないと ！
お前んとこの 石榴だって 化け猫だろ
その プータローより 強いんじゃないか
ン？ プー助か いや、プーなんとか ま どーでも いいな
よし 格闘させて みるか
勝負に なるか
人間にだって 危害を加える かもしれん

とりあえず
エノさんは消えてくれ あの娘の前から
でないとお嬢様に捕まるぞ
げ
えっ
逃げた⁉
そ そうなんすよ お嬢さん
もしかしたら元の家にお戻りに――
そそそ！猫の帰《き》巣《そう》本能ってヤツで
それはありえないわ！
いつもお嬢様に厳しく躾《しつ》けられてとても可哀そうだったもの…
だから私――
お手！おかわり！伏せ！三遍回ってワンも出来ないの？
フーッ
シャーッ
お嬢様それはムリ…

だから
私が檻から
出してあげたの
さあ
行きましょう
私と一緒に
自由になるのよ
ありがとう
僕を自由に
してくれて
いいえ
いいのよ
これくらい
あなたは
私の命の
恩人だもの
あっ
待って
何処へ行くの
私も一緒に
連れて行って!!
ガサササッ
は,
プーちゃん!

プーちゃん…
また猫の姿に戻っちゃったの?
うちのニワトリが襲われた——っ
最近ここらをうろついてるヤマネコの仕業だろう
早く捕まえろ!
お邸に帰ってくるつもり?
だめよ
ね
ここらにいたらかえって危険よ
ギリギリ
プーちゃん…
もうお邸に戻ってこなくてもいいのよ
ゴロゴロ
ゴロゴロゴロ
お嬢様は最近はもう次のペットの話ばかりだもの…
シベリアオオカミだのミツユビナマケモノだのヒマラヤの雪男だの

いいのよ
ずっと人間の姿のままでいても
そのほうが一緒にいられる
ずっとお仕えするわ
あの炎の中で家も家族も失った私を逃げ道へと導いてくれた猫
あの恩は一生忘れない———
おそらく空襲の時毒殺をまぬがれて動物園から逃走したヤマネコの後を追って助かったんだな
そうか
それであんなにまで想い入れが

しかし
このまま
放っておいたら
一生僕に
つきまとう
かもしれない
!
家政婦として
雇ってやれば
下僕は
二人もいれば
充分だ!
そう
だろう
!
どうした
石榴
来た!!

なんて声を
どっちも野生だなあ
ハハハ
いいぞ化け猫vs.ヤマネコ！
この声！
オウウ
あいつだ
うちの文鳥襲った猫
うちのニワトリだって！
シメてやる！
プーちゃんの声だわ！
お嬢様
私が行きます
もー
いらないわ
お手も出来ない
あんな野蛮なコ
じゃ
プーちゃんください！
えっ
それと
今日限り
おヒマをいただきます
えーっ

お願い
檻の中から出たいなら
私も一緒に連れていって
私を炎の中から導いてくれたように
あの時のように
一緒に自由になりたいの!!
ギャーーアオオオッ
こいつっ！捕まえたぞ
フーーッ
三味線にしちまえ
やめてえええっ

僕は大丈夫だ
おいで
あ?
すっ
プーちゃんを許して!
ぎゅっ
全部檻から逃がした私が悪いんです
彼を殺さないで――!
人間の男より
猫を選んだ娘――
そんな恋が出来るのは
人間だけ…

拝啓
京極堂様
──私は今
お邸づとめを辞めて
榎木津様のご紹介で
小さな動物園で
働かせてもらって
います
えのきづ動物園
ここに
引き取られた
プーちゃんも
一緒です
私はずっと
ここで〝彼〟に
お仕えしながら
暮らします
来年の春には
エジプトから
お嫁さんも
来るそうで
二千年の時を経て
プトレマイオス王朝の
復活です!

今
私達は
幸せです
とても…
よかった
よかった
なあ
石榴
お前も
どんな姿で化けて
出て来るのか
楽しみだ
尻尾は九つに
裂けていても
かまわんから
くれぐれも
人間の姿で
出てくれるなよ……
ふふ
ナマケモノの
ナマちゃーん♡
お嬢さま・39才・独身
お前の飼育法
載ってる本は
京極堂にある
かしらねー
オオカミはすでに
てなずけた

百鬼夜行イン《ひゃっきやこうイン》

諸《もろ》星《ほし》大《だい》二《じ》郎《ろう》

◉もろほし・だいじろう
漫画家・小説家。1949年長野県生まれ。2000年『西遊妖猿伝』で手塚治虫文化賞マンガ大賞受賞。小説の近作に『蜘蛛の糸は必ず切れる』など。

おれたちゃ百鬼夜行だぞ――お
こーわいぞこーわいぞ
ぞろぞろ
ケケケケ
だけど歩きづめで疲れたぞ――
腹へった――
ぞろぞろ
幹事――今日泊まる旅館はまだかよ――

あっ百鬼夜行だ!
これ指さしちゃいけません
は～いもうすぐ旅籠《はたご》に着きますよ――

おーー
ここかい
「百鬼夜行イン」
だとさ
なかなか洒落《しゃれ》た
名前じゃないか
百鬼夜行INN
めしー
めしー
風呂
風呂
はーーい
百人様
お泊りーー
わははは
あっ
やったな
こらー
枕を投げる
なー
生首も
投げるな!
おい、どうだい
せっかく妖怪が
百匹集まって
るんだから
百物語でも
やろうじゃ
ないか
百物語
だって?
面白そうだ
やろう～

それで一話話す毎《ごと》に
蠟燭《ろうそく》を一本ずつ
点《つ》けていくんだ
蠟燭が百本点いた
時には〜〜〜……
ど、ど……
どうなるん
だい？
とても恐ろしい
ことが起こる
そうだぞ〜〜
さあ
誰からやる？
よーし
俺からだ
待ってました
恐いのいけ
うーんと
恐いの
第一話 描き損じのある妖怪絵巻
かきそんじのあるようかいえまき
さて、この話は
俺たちの仲間を
描いた絵巻……
ある「妖怪絵巻」の
話である……

ますくち

ききん
わらし

これは
どこで？
私の知り合いが
オークションで
手に入れたと
言うのですが……
古そうではあるが
由緒も出自も
分からない
鑑定してほしいと
言われましてね……
なぜ私の
ところに？
私も困って
いるのですよ
私は考古学者で
専門外ですからね
あなたなら何か
分かるのでは
ないかと……

……題簽《だいせん》が ないのですな 箱書きもない…… 妖怪絵巻の ひとつには 違いないが……
松井文庫の「百鬼夜行絵巻」に 体裁《ていさい》は似ているが ほかで聞いたことの ない妖怪ばかりだな
詞書《ことばがき》もあったり なかったりで……
「ますくち」か…… 「小さな桝《ます》と思ひて 気を許したれば たちまち大きくなりて 人を呑むと云へり」……
桝のような口で 人を呑む妖怪か

これは「たがらし」……田に水を流すのを妨害しているのか
この「ききんわらひ」というのはまたいやな妖怪だな
名前がないものや状況がよく分からないものもありますね
これなんかはまるで
特にこの最後のがわからない……
ふうむ……何かを描こうとして中断して消してしまった感じですね
描き損じなら切り取って捨ててしまいそうなものですがそのまま絵巻に入れてあるというのも妙ですね

……
やはり雲をつかむようなものですか？これだけでは……
見たことはあるが……
え……？
いや、これとよく似た……というよりそっくりのものを以前 見たことはあります
それはどこで…？

ぼくの家は古い
少なくとも母屋は築二百年くらいは経ってる
重要文化財だから勝手に改築も出来ないんだそうだ

ぼっちゃん
今お帰り
ですか？
お客さん？
東京から
いらした先生
だそうですよ
お父さんの名前は
竹《たけ》沢《ざわ》喜《き》左《ざ》衛《え》門《もん》
うちは古くから
大庄屋だった家で
家長は代々喜左衛門を
名乗るんだそうだ
ぼくもいずれ
喜左衛門にしなければ
ならないのかって聞いたら
お父さんは家を継ぐ
時が来たら自分で
決めろと……

茂田《しげた》さん蔵から何を出して来たの？
ああぼっちゃん化け物絵巻ですよ
ぼっちゃんも小さい頃、よく見たでしょう
ああ、あれどうして今頃？
東京の先生が見たいんだそうですよ
へえ……
ああ、ぼっちゃん蔵を開けたままにして来たけど勝手に入っちゃいけませんよ
分かってるよ
一番奥の蔵にも近づいちゃいけませんよ
分かってるってば
うちには蔵が六つある
六つ目の蔵は今は使われていないけど、小さい時からなぜか、近づくなと言われてた
古いから危ないと言うんだけど、ほかの蔵と比べてよほど古いとも思えないんだけど……

同じですね これは
ああ、だが 竹沢家のものは 背景がひどく 簡略化されている
どうです 喜左衛門さん
なるほど これはよく 似ている いや、ほとんど 同じですな
どちらかが どちらかの模写 あるいはどちらも 共通のものを 模写したと 思われますが……
喜左衛門さん この絵巻には 何か由来が あるのですか?
さて…… 昔から家に 伝わってきたもので 詳しいことは 知りませんが……
何でも九代目の 喜左衛門が何かを 模写したものだとは 聞きました
九代目の方は 絵の素養《そよう》が あったのですか?
どうですかな? あったとしても 趣味程度の ものでしょう
この巻物にも題は ないのですね そういうことは 何か?
さあ…… ただ化け物絵巻 とかお化けの絵 とかそんなふうに 言われて来た だけで……
どっちにしろ これが模写なら オリジナルは 別に…… おや?

描き損じを
消したような跡が
ここにもある
喜左衛門さん
これは何です?
わかりません
父や祖父に
聞いても最初から
こうだったと
言うだけで……
何か絵があって
消したとも
見えませんね
どうにも
妙ですね……
なんだ、喜裕《よしひろ》
そんな所から……
お客様に
ご挨拶なさい
こんにちは
ああ
お邪魔して
います
息子さん?
そうです
長男の喜裕です
だんなさま
ちょっと
あ、ちょっと
失礼……
絵巻……
ですか?
ああ、見るかい
君の家の絵巻と
比較させて
もらっていた
ところだよ

あれ……これ、うちと同じ……

由来かなにかが分かるかと思ったのですがね……

ところで、あなたは喜左衛門さんと懇意《こんい》なようですがどういうご関係です？

いや、懇意というほどでもないのですが……

十何年か前になりますが処分したいものがあるからと、鑑定を頼まれたことがあるのです
ああ美術品ですか
まあ、代々の当主にその手のコレクターがいた訳ではないので宝の山とはいきませんでしたがそれでもなかなかのものがありましたよ
応挙《おうきょ》の山水画とか……そうそう、歌麿《うたまろ》の絵が一枚ありました肉筆の……

その時にあの絵巻も……？

そうですまあ、あれには値は付けられませんでしたが……

キザエモン何してんのこんな所で……

なんだ、松井《まつい》か
塾の帰りだよ
それにぼくは
喜左衛門じゃない
でも、いずれ
喜左衛門に
なるんでしょ
今は昔と違って
そんな名前
継がなくても
いいんだ
ふうん……
ところで、うちに
東京から来た人が
泊まってるわよ
一人は学者で……
あんたんちへ
行ったんだって？
鬼屋敷へ何しに
行ったの？
鬼屋敷なんて
言うな
絵巻を見に
来ただけだ
絵巻？
あんたんとこに
そんな立派な
絵巻があったの？
松井家は竹沢家と
並んで村の
草分けだったけど
いつからか没落して
しまったそうだ
そのせいか両家は
昔から何となく
仲が良くない……
松井旅館
うるさいな
迎えの車が
来たから
もう行けよ
あいつは
松井旅館の娘だ

鬼屋敷？
あら、いけない なにね 昔はそんなふうに 言われていたことも あったということで……
今の竹沢の御本家が どうという話じゃ ないんですよ 伝説みたいな ものですから……
いいから 話してください 私は伝説にも 興味あります
そうですか？ これはほんとにうんと 昔のことですからね……
何でも七代目の 喜左衛門さんという 人がとても残酷な 庄屋さんだったそうで……
使用人も惨《むご》く使うし 家族にもひどいことを していたというんです
小作人なども 虫けらみたいに扱うし 村の娘でもちょっと 器量のいいのがいると 無理矢理連れて来させて 手籠《てごめ》にしたり……
穀物を貸す時は 小さい桝で貸して 取り立てる時は 大きい 桝を使ったとか……
飢饉《ききん》の時にも蔵に 蓄《たくわ》えた米で自分の 家だけ無事に凌《しの》いで ほかの家は 助けなかったとか……

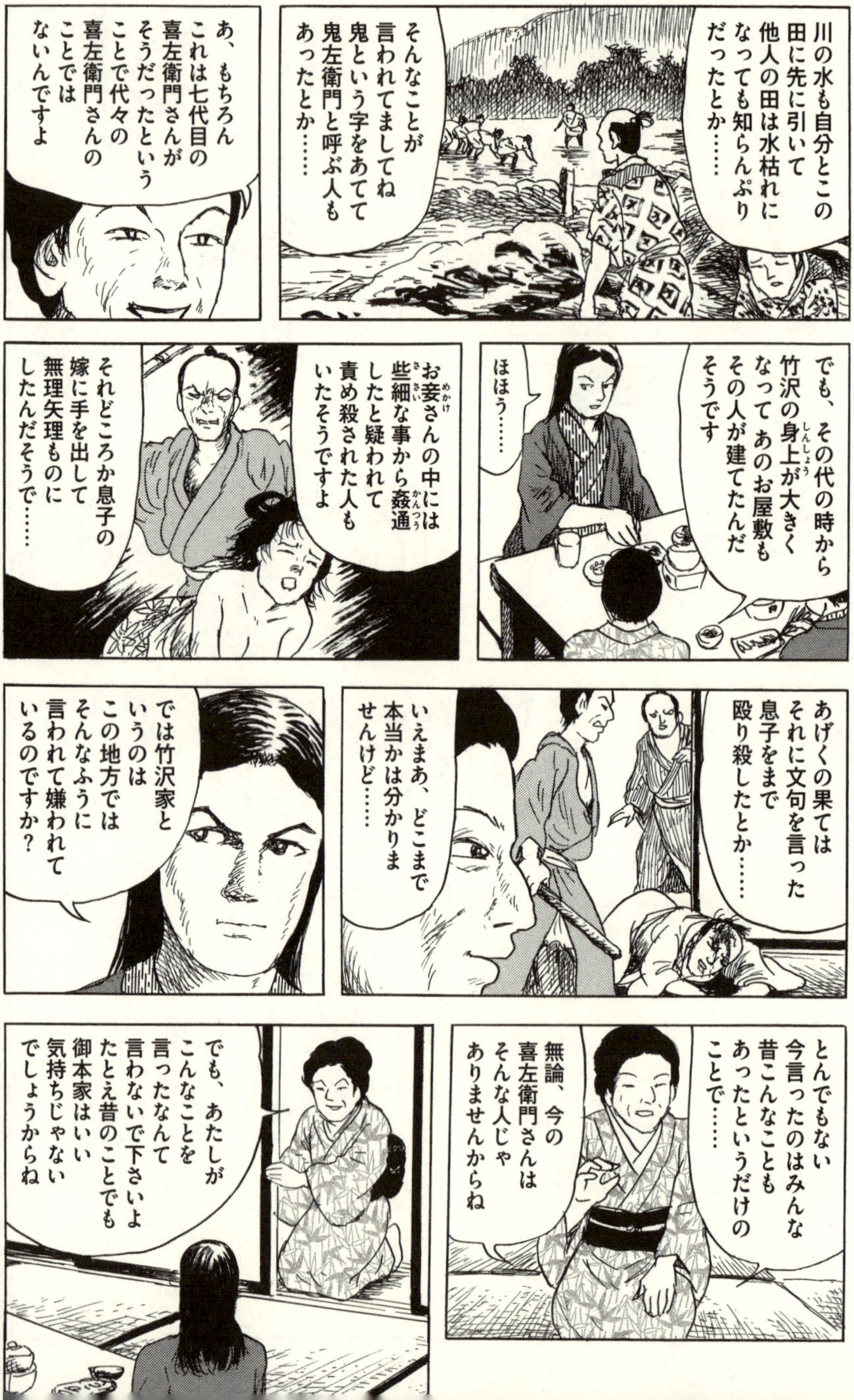
川の水も自分とこの田に先に引いて他人の田は水枯れになっても知らんぷりだったとか……
そんなことが言われてましてね鬼という字をあてて鬼左衛門と呼ぶ人もあったとか……
あ、もちろんこれは七代目の喜左衛門さんがそうだったということで代々の喜左衛門さんのことではないんですよ
でも、その代の時から竹沢の身上《しんしょう》が大きくなって あのお屋敷もその人が建てたんだそうです
ほほう……
お妾《めかけ》さんの中には些細《ささい》な事から姦通《かんつう》したと疑われて責め殺された人もいたそうですよ
それどころか息子の嫁に手を出して無理矢理ものにしたんだそうで……
あげくの果てはそれに文句を言った息子をまで殴り殺したとか……
いえまあ、どこまで本当かは分かりませんけど……
では竹沢家というのはこの地方ではそんなふうに言われて嫌われているのですか？
とんでもない今言ったのはみんな昔こんなこともあったというだけのことで……
無論、今の喜左衛門さんはそんな人じゃありませんからね
でも、あたしがこんなことを言ったなんて言わないで下さいよたとえ昔のことでも御本家はいい気持ちじゃないでしょうからね

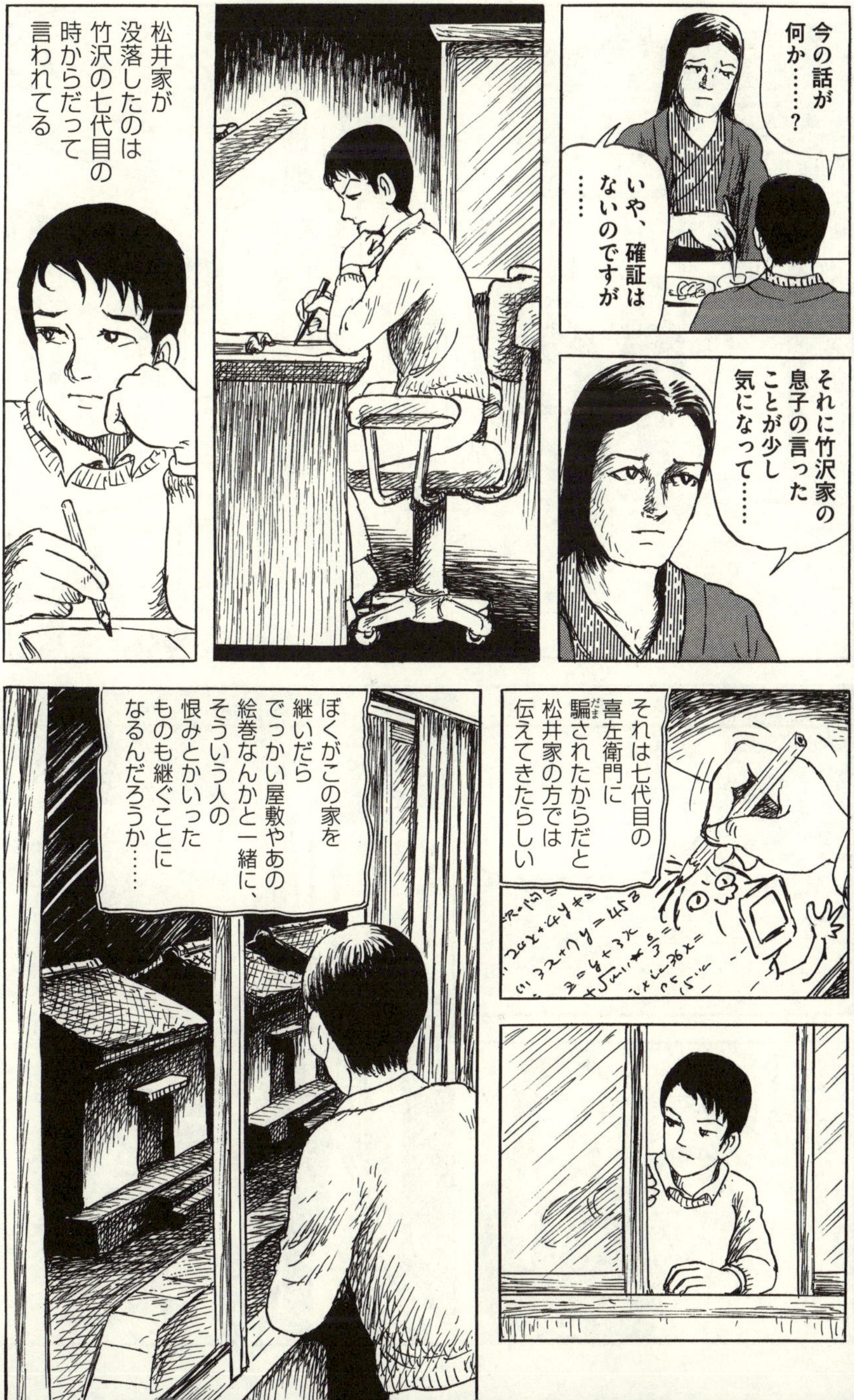
今の話が何か……?
いや、確証はないのですが……
それに竹沢家の息子の言ったことが少し気になって……
松井家が没落したのは竹沢の七代目の時からだって言われてる
それは七代目の喜左衛門に騙《だま》されたからだと松井家の方では伝えてきたらしい
ぼくがこの家を継いだらでっかい屋敷やあの絵巻なんかと一緒に、そういう人の恨みとかいったものも継ぐことになるんだろうか……

申し訳ありません何度も押しかけて来た上、家の中を見せてくれなどと厚かましく……
いいえ先日は私も急用が入って失礼をしてしまって……
ここが広間です普段は使われていませんからどうぞご遠慮なく
畳廊下ですなほう庭も見事だ
土間です向こうの竈《かまど》はもう使っていないのですが勝手に改築もできないのでそのままにしてあります
蔵は拝見できますか？外見だけで結構ですから……

蔵は今は使っていないものも含めて六つあります手前から米蔵飯米蔵……
そうか……やっぱりそうだ……
何がです？
先日伺った時息子さんが絵巻を見てこの家の欄間《らんま》が絵巻の欄間と同じだと言うのです
竹に雀という特に珍しい模様でもないので最初はただの偶然かと思っていました
けれども今日改めて家を見せていただくと絵巻の中の背景と似たものが多いのです
座敷もそう蔵もそう……

それから、失礼ながら
竹沢家の家紋は
五枚笹紋ですね？
そうです
私のこの
羽織の紋です
絵巻の中のこの人物も
同じ紋の付いた
羽織を着ていますし
偶然と言うには
揃い過ぎて
いませんか？
そうすると
稗田《ひえだ》さんは
この絵巻の背景が
この家を
モデルにして
描かれたと……？
というより
完全にこの家で
起こったこととして
この絵巻は描かれて
いるのではないかと
私は想像したのです
というと
「稲生《いのう》物怪録《もののけろく》」の
ように特定の家で
起こった怪異だと？
家というより
特定の個人にです
喜左衛門さん
お気を悪くしないで
ほしいのですが
何代目かの当主に
残酷な人がいたと
聞いたのですが……
七代目ですな
お気を遣わなくとも
この辺りでは
隠れもないことです
たとえば小さい
枡で穀物を貸して
大きい枡で
返させたという
話はこれ
この「ますくち」
という妖怪を
思わせませんか？
飢饉の時も
己の家だけは
安泰だったと
いうのはこの
「ききんわらひ」
を……
水を独占した
というのは
「たがらし」を
それぞれ連想
させるのです

……

ほかにも使用人を酷くこき使ったとか……村の娘を強引に奪ったとか……

姦通したと疑った妾を責め殺したとか……

果ては息子の嫁にも暴行したという話は……

すべてこの絵巻の絵と対応しませんか？

つまりこの妖怪絵巻は特定の個人を擬したものだと……？

そう考えるとどうでしょう？この絵巻は竹沢家に縁のある人が描いたのでは？

確かにそのような絵巻を描きそうな人はいました
七代目の三男に江戸に出て竹沢奇三郎《きさぶろう》と名乗った人がいます何でも鳥山石燕《とりやませきえん》に師事したとか……

なるほど歌麿の兄弟弟子という訳ですねその人は若い頃から絵の勉強を？

とんでもない七代目がそんなことを許すはずもありません江戸へ出ることができたのは父が死んで兄が八代目を継いでからでしょう
しかし奇三郎は絵師としては大成できずに郷里に帰って来たようです

父の横暴振りを身をもって体験した奇三郎がそれを妖怪に擬して描くことを思い付いたとは考えられませんか？

そうかも知れません九代目が模写したのが叔父の奇三郎の描いた絵なら辻褄《つじつま》が合います
九代目は叔父から絵の手ほどきを受けていたと言いますから…模写もしたでしょう
この絵巻はその竹沢奇三郎が描いた可能性が高いななぜ外部に出て竹沢家に写しが残ることに…？

おそらく妖怪に擬したものであっても七代目の所業を思い出させるものは家に置いておきたくなかったのでしょう
特にこの家との繋がりがはっきりわかるようなものはなおさら……

……なるほどこれで絵巻の由来は分かりましたただひとつだけ分からないことが……

なんです？

最後にあるこの消したような絵ですこれは何でしょう？

さあ……私にもとんと……

オリジナルにだけあるのなら描き損じともとれますが写しの方にも同じものがあるというのが解せません
それにこれは格子でしょうか？

格子……

何か心当たりが……？

いえ……ありません……

女将さん竹沢家のことでまだ何か知っていることはありませんかね
あらま、東京の学者さんだって聞きましたけどそんなよその家のこともお聞きになるんですか？
よその家といっても二百年も前のことだろう家の歴史だって研究の対象だよ
そういうことならお話ししますけどね
でも昨日お話ししたことで大体全部ですよ七代目がやったことと言いますのはね……
その七代目というのは長生きしたのかね？
さあどうでしょう……
あっ、そうそうそういえばその話がありましたよ
七代目が息子を殺したって話をしたでしょうそれからあまり経たないうちに八代目が跡を継いだんだそうです
七代目は亡くなったのかね？
表向きはそうですが実は耐え兼ねた家人がどこかに閉じ込めて藩には病死って届けたとかいう話です
閉じ込めた⁉

ええ、なんでも
一番奥の蔵に
座敷牢を作って
そこに閉じ込めて
誰にも見せない
ようにしたんで
すって……
確かなこと
ですか
それは？
いやですねえ
ただの言い伝えですよ
喜左衛門さんだって
本当のことを
知ってる訳じゃ
ないでしょう
座敷牢か……
そうか
この格子は
座敷牢の格子
ではないか⁉
もしそうなら
奇三郎はそこに
何を描こうと
したのかな？
格子の中に
いたのは
幽閉された
七代目喜左衛門
しかいない……

お父さんだ……六番目の蔵から出て来た……?

奇三郎は父の姿を擬した妖怪たちを描いた後喜左衛門自身の肖像を描こうとしたのではないか?

だが、結局描けなかった……

なぜ……?

恐ろしかったからでは……?

六
八代目が跡を継いで奇三郎が江戸へ出てまた戻って来てから絵巻を描いたのなら……七代目を幽閉してから何年経っていたのだろう?

短くて二、三年? あるいは十年以上かな?

喜左衛門がまだ生きていたのなら何歳だった?

それだけじゃない 奇三郎が死んだ後甥の九代目が模写を作って最後にまた同じことをしているどういうことだ?

叔父が描けなかったものを描こうとしてやはり描けなかったのでは?

何年後の話だ 中に何がいた?

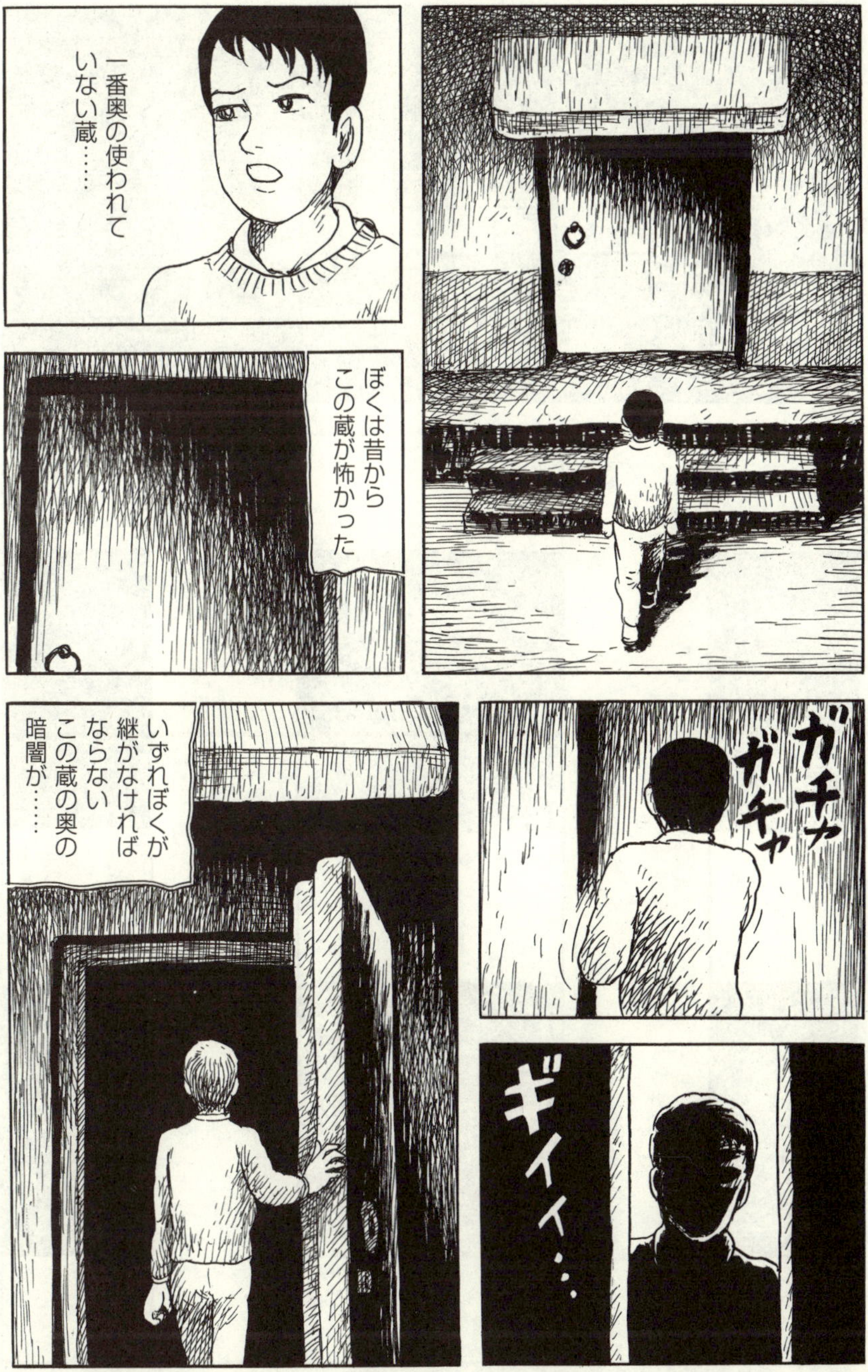
一番奥の使われて
いない蔵……
ぼくは昔から
この蔵が怖かった
ガチャ
ガチャ
ギイイ…
いずれぼくが
継がなければ
ならない
この蔵の奥の
暗闇が……

第二話～第百話（略）

さあ これで百話 語り終わったぞ
えっ もうかい
いつの間に 百話も 話したんだ
明るいよー 恐いよー
さあ 百本目の 蠟燭を 点けるからな
な…… なにか 起こったかい ……？
さ…… さあ……
あれ……？
おい いつのまにか 知らない奴が 混じって……

この世には
不思議なことは
何ひとつ
ないのだよ
ぎゃーっ
で……
出たーっ
お……
恐ろしい……!
百鬼夜行INN
おまけに
朝だ～
ひ～～
助けて
お早い
お発《た》ちでー

妖怪変化《ようかいへんげ》 京極堂《きょうごくどう》トリビュート

2007年12月13日 第1刷発行

著者 あさのあつこ 西尾維新《にしおいしん》 原田眞人《はらだまさと》 牧野修《まきのおさむ》 柳家喬太郎《やなぎやきょうたろう》
フジワラヨウコウ 松苗《まつなえ》あけみ 諸星大二郎《もろほしだいじろう》

発行者 野間佐和子
発行所 株式会社講談社
〒112-8001
東京都文京区音羽2-12-21
電話 編集部03-5395-3506
販売部03-5395-3622
業務部03-5395-3615
本文データ制作 講談社文芸局DTPルーム
印刷所 凸版印刷株式会社
製本所 株式会社国宝社

定価はカバーに表示してあります。

落丁本・乱丁本は購入書店名を明記のうえ、小社業務部宛にお送りください。送料小社負担にてお取り替えいたします。
なお、この本についてのお問い合わせは、文芸図書第三出版部宛にお願いいたします。

N.D.C.913 348p 19cm ISBN978-4-06-214475-9

全作品リスト

陰摩羅鬼の瑕　◉講談社ノベルス　◉講談社文庫
◉分冊文庫版上・中・下

邪魅の雫　◉講談社ノベルス

百鬼夜行―陰　◉講談社ノベルス　◉講談社文庫

百器徒然袋―雨　◉講談社ノベルス　◉講談社文庫

今昔続百鬼―雲　◉講談社ノベルス　◉講談社文庫

百器徒然袋―風　◉講談社ノベルス　◉講談社文庫

豆腐小僧双六道中ふりだし　◉単行本